中国のピノッキオ

吉志海生

てらいんく

徐悲鴻「村歌」

徐悲鴻「群奔」

中国のピノッキオ

目次

装挿画　サカイ・ノビー

序章　リスボンからキンサイへ

さあて皆さん、お待ちかねの『それからのピノッキオ』第二部がいよいよ始まります。

ピノッキオや、その友人パオロらを乗せた船がマンジ（＊今の中国南方の地）に着いたのは、あれから三年後のことでした。第二部はマンジに着いたピノッキオが中国の自然や町や、そこに住む人々と出会っていろんなことを体験する、そんな話になりそうです。

ピノッキオが中国に着くまでどんなことがあったか、それをごく手短にお話ししておきましょう。

ポルトガルのリスボンを出てから船はアフリカ大陸に沿いながら南に下っていきました。喜望峰をぐるりと回ってからは北に向かって上っていきました。マダガスカル島とアフリカ大陸との間を通り、それからは北東に進みインドのゴアに着きました。ゴアを出てからはセイロン島を通過し、マラッカに上陸しました。マラッカで数日間停泊した後、シャムに沿って北上し、マカオに着きました。マカオからは泉州、福州、杭州《キンサイ》（＊ハンジョウともいう）と北へ上っていったのです。

長い船旅でしたから、仲間の何人かは途中で船を降りました。ステファーノさんとベンベヌートさんはゴアで降りました。

「ジパングで金を探してやろうぜ」と言っていたステファーノさんですが、ゴアの賭博場《とばくじょう》でたくさんの金貨をかせいだらジパングまで行く気力をなくしてしまいました。

「カタイ（＊今の中国北方の地）やマンジでうまいものを腹いっぱい食べてやるぞ」と意気込んでいたベンベヌートさんは、バナナ、パパイヤ、マンゴーを存分に食べられるというのでここにずっといたいと言い出しました。

二人と別れるのはつらいものでしたが、ピノッキオがベンベヌートさんに、「石猿の話、ありがとうございました。ぼく、絶対に忘れませんから。」と言うと、「カタイやマンジに行って話の続きがわかったら教えておくれ。」と言ってピノッキオの手をかたく握りしめました。

ランポーニさんとフリツィさんはマラッカで降りました。マラッカの隣にビンタン島という小さな島があり、二人はこの島がたいそう気に入りました。この島でつくられる香料や薬品がヨーロッパで高く売れると聞いたからです。また、このビンタン島の近くに「男島」「女島」と呼ばれる二つの島があります。男島には男だけが住み女はいません。女島は女だけで男がいません。男は女島を訪れ、続けて三ヶ月、女と住みます。そのあとは男島に帰って残りの日々を暮らします。いっぽう、女は生まれた子どもを十二歳まで育て、そのあとは男なら男島へ、女なら手元に置き、年ごろになれば男島からやってくる男の一人とめあわせます。ランポーニさんとフリッツィさんは男島に行きたいと言っていました。しかし、ピノッキオがパオロから聞いたところによると、男島はマッコウクジラから香料をつくったり、たくさんの魚を塩漬けにしたりと仕事がたくさんあるそうです。

この大きな船でピノッキオの知り合いはパオロだけになりました。ピノッキオはパオロに言いました。

「君はどうする？　途中で降りるかい？」

「いや、降りない。ずっと乗っていくよ。」

「カタイやマンジまで？」

「ああ、そうだよ。」

「どこで降りるの？」

「キンサイだよ。この航路の終点だ。」

それを聞いてピノッキオは安心しました。キンサイに着くまでピノッキオとパオロは次のような話をしました。

「中国ではどんな言葉を話すのだろう？　ぼく、心配だな。キンサイに着いても言葉がわからなかったら何も話せないし、人々の話してることもわからないよ。」

「そりゃ、ぼくだって同じだよ。君はイタリア語しかできないんだったっけ？」

「イタリア語のほかに少し英語が……。」

「ああ、それはよかった。英語ができるのなら、ぼくがいい学校を見つけてあげるよ。」

「マンジに言葉の学校があるのかい？」

「あるとも。」

「それは、いったい、どんな？」

「イエズス会の宣教師が作った学校さ。そこでは英語、スペイン語、イタリア語などを仲立ちにして中国語を教えてくれるんだ。」

そんなわけで、船がキンサイに着いてからピノッキオは、現地にあるイエズス会の語学学校に入りました。パオロは中国語がかなりできるようになりました。ピノッキオはまだ充分ではありません。

二人はキンサイでいっしょに住んでいました。パオロは香料・薬品・絹織物の買い付けにあちこち出かけました。言葉の充分でないピノッキオは留守番をしました。

　パオロは中国茶の買い付けと勉強のため福州、泉州、マカオに出発しました。ピノッキオは一人になりキンサイを離れ寧波《ニンポー》に行きました。パオロがもうキンサイに戻らないとわかっていたからです。

　ピノッキオが中国に来たのは仙女様のお母さんと自分の母、二人の墓を探すためでした。中国の言葉がいくらかわかるようになったピノッキオですが、その目的を果たすのはなかなか容易でありません。さあて皆さん、ピノッキオはこの目的を成し遂げることができるでしょうか？　仲間と別れて一人ぼっちになったピノッキオですが、いったい、どんな事件が起こるのでしょうか？　いよいよ、第二部の始まり、始まり！

第1章　寧波《ニンポー》の酒場通り

「ウェイ、ウェイ（喂 wèi、喂 wèi）、シェンション（先生 xiānshēng）！　チンライ、チンライ（清来清来 qǐngláiqǐnglai）！」

耳慣れない言葉だった。何回か聞いているうちに自分を呼んでいるのだと気づいて近くへ寄っていった。呼んでいるのは若い女だった。ここは寧波《ニンポー》という港町。

女はピノッキオ（＊中国名は皮诺曹）だけに声をかけているのではなかった。船から降りてくる人、盛り場をうろつく人、お金持ちに見える人、そういった人全部に向けて声を張り上げていた。

ピノッキオは何回か、その女を見た。それから気になってたびたび、その女の出没する場所に出かけていった。しかし、このことは秘密にしていて友だちのパオロにも一切話さなかった。そのうち中国での暮らしに慣れ、中国語も少しは分かってきた。杭州《ハンジョウ》（＊「キンサイ」より「ハンジョウ」と呼ばれるのが多いことを、ピノッキオは中国に来て知った）を離れ寧波《ニンポー》にやってきて、また、あの女に出会ったのだ。

「おーい王さん、鄭《てい》さん、それから李《り》さん、張《ちょう》さん、劉《りゅう》さん、それに陳《ちん》さんも。寄っておいでよ、寄っておいでったら。」

呼ばれたのはみな、女の顔見知りのようであり、男ばかりのようであった。男たちはみな、薄笑いを浮かべ女のほうに向かって片手を挙げて合図を送りながら、「ホウライホウライ（后来后来、hòuláihòulái、後で後で）」と言いながら通り過ぎていく。

女はチョッと舌打ちをしながら男たちを見送り、「ヘン、何が後に来るものか、よく言うよ、来る気もないくせに。」

港に近い酒場通りの一角に、その店はあった。看板には「霊猫」（＊霊は敏捷の意）と見慣れない文字が書いてあった。女は店の敷居をまたぎながら、「ああ、本当に女房を持つようになったら男も終わりだね。ああ、おもしろくない。」と言う。

「ミン（敏mǐn）さん、だいぶご機嫌斜《なな》めですね。でもそんなに悩むこともありませんよ。爆竹だって少しは湿ることがあるじゃないですか。そのうちまた、バチバチはじけるようになりますよ。心配しないで待ったほうがいいですよ。」

と仲間が言う。

「ウェイ（蔚 wei）ちゃんと違って私には能がないからね。一人でも逃がしては残念さ。私のような運の悪い人間にはお客だって逃げていくんだよ。ああ、おもしろくない、今夜もふて寝だ。」

そう言いながら、ミンさんと呼ばれた女は店の板の間に腰掛けて、靴の先で土間をとんとんと蹴る。女は見たところ二十四、五で眉毛《まゆげ》を長く描き、白粉《おしろい》をべったりとつけ、唇《くちびる》は人を食う犬のように大きく、かつ、紅《あか》かった。

片や、ウェイちゃんと呼ばれた女は中肉中背、すらっとして黒髪美しく、目玉の大きい美人である。生まれつきの色白らしく白粉も襟元にうっすらとつけているだけ。服の着こなしは胸元をわざと見せるようにして乳のあたりまではだけて、しかも、長煙管《ながぎせる》ですぱすぱとタバコを吸っている。

ミンは簪《かんざし》を抜いて頭のどこかを掻《か》きながら思い出したように、

「ウェイちゃん、あんたいくつになった？」と言う。

「この二月で二十です。」

「まだ年も二十でいればおもしろいね。」

「そうでしょうか？」

「ああ、そうに決まってる。でもね、すぐ三十へ飛ぶよ。一年くらいの間に早、三十となるからね。」

「そうでしょうか？」

「ああ、そうに決まってる。ところで、私、いくつに見える？」

「ミンさんの年、はっきり分かりません。」

「うれしいじゃないの。それって、年よりも若く見えるってこと？」

「そうです。で、いくつなんです？」

「あらいやだ、この娘《こ》ったら本気で聞くんだもの。」

ミンは艶然《えんぜん》とほほえみ、

「私いま、三十九。」と答える。

「えっ！　ウソでしょ！　信じられない！　どう見ても二十五、六ですよ。」

「ありがとう。でも本当はそんなに若くないのよ。」

「若さを保つ秘訣《ひけつ》って何ですか？」

「そりゃ、決まってるでしょ。若い人といっしょに居ることよ。こういう仕事をやっているのもその一つ。」

「そうだったんですか！　私、ミンさんを見直しました。」

「でもね、私もこのごろつらいのよ。」

「あら、どうしてですか？」

「若い男《こ》が寄り付かなくなったからよ。私もつらいのよ。ああ、あなたのように若ければねぇ。」

「だいじょうぶですよ。あの人たちはミンさんの魅力に引かれて絶対、ここへやってきます。」

「そうかしら？　このごろ、私、鏡を見るのも腹が立つのよ。若い若いと思っていても、やはり、寄る年波には勝てないんだわ。」

「お客に年を言わなければいいじゃありませんか？　三十九でも二十五、六に見えるんですから。黙っていれば絶対にわかりません。」

「そうかしら？　美しい女の四十は物すごい、って言うじゃない。私四十になるのが恐いのよ。」

「いい人を見つけて結婚するって法もありますね。ミンさん、それはどうなんですか？」

「そりゃ、私にもいい人はいたわ。でもね、このごろはさっぱり、店に来やしない。おそらく心変りがしたんだろう、町の中で私の顔を見ればそそくさと逃げ出す始末さ。情けないったらありゃしない。」

「ウェイちゃん、あんたはどうなんだい？　ぞっこんな男は何人もいるだろう？」

「いや、いませんよ。それに私、結婚だなんてまだまだ先のことと思っていますから。」

「そう言える時が花だよ。すぐ、三十、四十になるからね。早くいい人を見つけてこんな稼業から足を洗うんだね。」

「ご忠告、どうもありがとうございます。でも、私は今、この稼業が気に入っていますから当分はやめないと思います。」

「そうかい、それは豪気だね。あんたって人は実におもしろい人だ。でもね、何かの参考になるかもしれないから言っておくがね、四十になるのは実にいやだね。」

「どうしてですか?」

「四十という年は中途半端な年なんだよ。自分ではまだ三十代の若さのままだって気持ちがある。それなのに周りからは年寄り扱いされるようになる。『四十婆《ばあ》さん』なんて言葉を聞くとぞっと身震いするよ。ああ、いやだいやだ!」

ミンは最後に「四十ほど、はしたな年はなかりけり」と歌うような口調で独り言を言いながら、家に帰っていった。店の主人には頭痛がするから帰ったって言っておいてと言い残して。

ウェイはそれからしばらく、店の中で自分だけの静かな時間を過ごした。

ピノッキオはこれまでの一部始終を店の外で見ていた。彼は中国に着いてから約三ヵ月のときを過ごしていた。中国の言葉にもようやく慣れてきていた。喂《ウェイ》という言葉の発音のふしぎさに引かれこの店にやってきたら、また、この店の女の人の名が蔚《ウェイ》という同じ発音だったので、これも何かのふしぎな巡り合わせなのかもしれないと考えた。ピノッキオは思い切って店の中へ入った。

女は男が酒を飲めないと分かると、お茶を差し出した。とてもいい香りがした。

「これは何という飲み物ですか？」

「ああ、これはお茶という飲み物です。」

「ふしぎな味と、とてもいい香りがします。ぼく、気に入りました。」

「よかった！　気に入ってもらえて。もっと言うと、お茶にはいろいろあって、これはその中のプーアル茶っていうんです。」

「プーアル？　それ、どういう意味ですか？」

「さあ、詳しいことは知りません。」

ピノッキオはてっきり、あなたは誰？（Who are you?）と勘違いし、「あなたは誰」茶と覚えた。

「ところで、あなたのお名前は？」

「ウェイです。」

「それはどんなふうに書きますか？」

それから女は筆をとって**蔚**と大きく書いた。

「ぼくは中国に着いて間もない頃、同じウェイという発音を聞きました。あなたの名前と同じなんです。」

「どんな時に聞いたのですか？」

「女の人が男の人を呼びとめている時です。」

「ああ、それはこう書くんです。」

女は喂と書いた。

「これはどういう意味ですか？」

「喂《ウェイ》は人を呼ぶときに使います。もしもし、おーいなどの意味で使われます。蔚は草や木が盛んに生い茂る意味があります。でも、私の場合は名前ですから、そんな意味というよりも単なる記号で使っているんです。」

「なるほど、二つは意味が違うんですね。」

「そうです。」

「おもしろいですね。こういう文字は見たことがありません。」

「漢字って言うんです。」

そう言ってからウェイはピノッキオに一冊の本をくれた。

その夜、ピノッキオは宿の部屋に入り、薄暗い明かりの下で一つの小箱を眺めた。それは町で何気なく拾ったものだった。どう見てもタバコの小箱にしか見えなかった。しゃれたデザインのその小箱には烟草と書いてある。ピノッキオには見たこともない文字だった。これもたぶん、漢字なのだろう。それからウェイにもらった本を広げてみた。これまで見たことのない文字がびっしり並んでいた。イタリアの文字などとはずいぶん違っている。漢字ばかりだった。

辞典のようだった。これまで自分が覚えてきたABC《アビチ》のアルファベットは音を表す表音文字だったが、ここの言葉の漢字はどうも意味を表すようだ。烟草はどういう意味なんだろうか？　ウェイからもらった本にはイタリア語と英語の言い換えが載っていた。これは便利だ。烟はイタリア語では fumo、英語では smoke、草はイタリア語では erba、英語では grass。また、烟草は sigaretta（イタリア語）cigarette（英語）と出ていた。

ピノッキオはおもしろくなって次々と調べていった。彼は元々、知らない言葉を調べるのが好きだった。どういうわけで、いつごろ、そういう妙な趣味を作り上げてしまったのか自分でも分からなかった。これには当のピノッキオ自身が驚いた。しかし、イタリア語や英語のアルファベットに慣れたピノッキオが最初、中国語に出会ったときは、どぎまぎした。特に漢字はとっつきにくいものだった。しかし、中国語の発音に引かれ、また、ウェイからもらった本を読みながら漢字の意味をたどっていくうちに、中国の言葉に次第に引きつけられていった。

第2章　酒場の客たち

次の日、ピノッキオはウェイの働く酒場の戸を開く前、次のような歌をうたった。

This can unlock the gates of Joy:
Of Horrour that, thrilling Fears,
Or open the sacred source of sympathetic Tears.
(これこそは喜びの扉を開くなり、
あれこそは恐怖の扉、身の毛もよだつ扉なり、
または、情けある涙のみなもとの、聖なる泉を開くなり。)

ウェイが今働いているこの酒場は、いろんな客がやってきて卑猥《ひわい》な言葉を飛ばし、冗談を言い、笑い合い、そして時には取っ組み合いのけんかを始める。

ウェイはそんな客の間を、一匹の魚のように身をくねらせながら歩いている。飲み物や食べ物を客のところへ運び、時には客の話し相手になる。

酒場というのは世の中の一般の人には想像もつかない独特なものがあった。ウェイがまず初めてここで働きたいといって店の女主《おんなあるじ》に会った時のことである。女主はウェイの身なりや格好を見て「あんた、お客もってんの？」と聞いた。

「お客って？」

「酒場ってとこはね、美人だとか格好がよいとかよりもお客何人もってるかってほうが重大なのよ。」

女主はウェイを見て、酒場勤めの経験有りか無しかを判定しようとしているらしかった。なぜなら、こういうところへ来て勤めたいというのはたいていどこかの酒場で勤めて移籍してくるものが多かったからである。

「駄目《だめ》でしょうか？」

女主は黙って後ろを向き、酒瓶を磨き始めた。そんなとき、ある女給が二人の間を取り成すように言葉を挟んだ。

「老板（lǎobǎn、酒場の女主）、お店では若手がほしいんですからなんとか……」

ミンさんだった。

「そうね、お客つかんで鞍替《くらが》えしないって約束なら、入れてあげてもいいけど……」

「お願いします。」

「じゃ、明日からでも来てみてちょうだい。」

「はい！」

こうしてウェイはこの酒場に勤めることになった。

次の日、ウェイが店に行くと、女主《おんなあるじ》は女給たちを集めてこう言った。

「ちょっと寒くなったからって、すぐ胸を隠すようじゃ駄目《だめ》よ。お客さんは寒さ暑さに関係なく女の子の体が見たいんだから。」

ウェイが何か言いたげな動きをしたら、傍の同僚があわてて腕を引っ張った。

女主は言葉を続けた。

「近頃マッチの減り方がばかに多いわよ。そりゃお客さんの中にゃわけもなくマッチの棒を千切るヘンな癖の人もいるけど、あんたたちまでいっしょになって千切ることはないわよ。」

ついに誰かがおどけた口調で言った。

「是的是的《シーダシーダ》、火柴愛惜《フォツァイアイシー》（はいはい、マッチ大事にいたします）。」

みんなはどっと、大笑いした。女主もつられて少し笑ったが、さらに言葉を続けた。

「すべて商売なんだからね。お客さんが店に来たらお札の束が入ってきたと思って、まずはニコッとするのよ。愛嬌よ！　今日はこれだけだったかな。あ、そうそう、今日から入った新人さんを紹介しとくわ。あんた、自分で言って。」

「ヤン・ウェイです。どうぞよろしく。」

固い表情で頭を下げる。

「ほら、今言ったでしょ、ニッコリ！」

女主《おんなあるじ》に言われてウェイはニコッと微笑んだ。

酒場にはいろんな客がやってくる、そのつどウェイは店の女主から様々なことを教えられる。あるとき、ちょっと風変わりな客がやってきた。その客は真面目な人だったが、いつも酒場の片隅にいて時々ウェイのほうをちらちらと眺めていた。しかし、面と向かってウェイに話しかけたりすることはなかった。

「ウェイちゃん、また、あの人、来ているわよ。」

ミンさんはそう言って教えてくれた。ウェイはその人に対して特別の気持ちを持っていなかった。他の客と同じように見ていた。だが、相手のほうはどうもウェイのことが気になるらしかった。

その客の名は羅数寄《ルオスウティ》といい、何代も続く酒屋の次男坊だった。祖父が外国から取り寄せたぶどう酒を売り出して大当たりし、それから一躍大金持ちになったのだという。ウェイはそれらのことをミンから聞いた。

あるとき、ウェイはミンから一通の手紙を渡された。開けてみると、「一目見てあなたに夢中になり候《そうろう》。」などと書いてあり、古臭い感じの文や詩に包み込んで熱烈な思いが書いてあった。しかし、ウェイはそれほど心を動かされなかった。それに何より店で面と向かっても何も言わないのが、かえって相手への不信感を募らせた。あれほど熱烈な恋文を送っておきながら、その口から一度も愛の言葉が出てこない、それはどうも私をからかっているとしか思えない、ウェイは強くそう感じた。それに店で他の女給が彼をダンスに誘っても踊ろうとしない、ただ黙って見つめているだけ、そんな彼にウェイは少しも魅力を感じなかった。いやに真面目くさった、気取り屋の痩《や》せっぽちの男、ウェイが羅《ルオ》数寄《スウティ》に抱いた印象はこれであった。ミンは「あの人、恥ずかしがりやなのよ。悪い人じゃないわ。それにお金持だし、私なら付き合うわ。」と言うが、ウェイはどうしても心が動かなかった。

羅数寄は後日、親を介してウェイと結婚したいとまで言ってきた。店の女主《おんなあるじ》は「ウェイちゃん、いい話じゃないの。あんた、玉の輿だよ。」と言って縁談を勧めた。しかし、ウェイは丁重に断った。羅数寄はそのためがっかりし、二ヶ月病気になった。そのことをウェイは後から知った。

「羅数寄さん、病気だったのよ。あんた、お見舞いに行った？」

ミンが聞いてきた。

「冗談じゃありません！　どうして行くもんですか！」

ウェイはぷんぷん怒りながら言葉を返した。

「そっけないのね。私だったら行ってやるわ。」

「ミンさん、あんな人、好みなんですか？　それとも哀れみで……」

「好みというか、哀れみというか、その区別は少しむずかしいけど、私にはああいう人の気持ちがどことなくわかる気がするのよ。」

「へえっ！　ミンさんって意外なんですね。」

「意外に馬鹿ってこと？　それともお人好し？」

「いえ、そういうつもりでは……」

「ああいう人は異性との付き合い方が分からないのよ。気の毒な人だわ。」

「気の毒？」

「そう、気の毒。かわいそうな人なのよ。」

「どうして、そうなったのですかね？」

「そりゃ、よくわからないけど、たぶん、母親との関係じゃないかしら。」

「母親との関係？」

「そう、あの人と母親との関係がうまくいってないなかったのよ。」

「というと、今の関係じゃなくて昔の関係ということ？」

「あの人が子どものとき、母親から厳しくしつけられすぎたのよ。」

「子どものとき、厳しくしつけられると、どうして異性との付き合いがうまくいかないんですか？」

「ああ、それはね、こういうことなの。母親って男の子が最初に出会う異性でしょう。その最初の異性が父親のようにいかめしく威厳を持っていると、子どもは母親に容易に近づけないのよ。」

「男の子は母親に甘えたいのに甘えられない、近づきたいのに近寄れない、そういう感じなんですね。」

「そうなのよ。だから、その子が後に大人になっても女の子に普通の状態で近づけない、歩み寄れないというわけ。」

「わかりました。そう考えるとあの人はかわいそうな人なんですね。」

ウェイはミンと話しているうちに彼に対する理解が少しは深まった気がした。しかし、彼自身の事情がもしミンの話したとおりであったのなら、それを羅数寄《ルオスウティ》自身の口から聞きたかった。羅数寄のような人がこの世の中にはたくさんいるのかもしれない、ウェイはそう思うと人の生い育ちのふしぎさを改めて感じた。

また、お客の中にはこんな人もいた。その人の名は張真《チャンツェン》といい、ウェイがお酒を注ぐと、いきなりウェイの手を取って「どうか聞いてください、僕の姉の哀れな話を……」と前置きして話し始めた。男の話は水が堰《せき》を切ってあふれ出すようにしてウェイの前に次々と止め処なく流れ出た。

私は乗り物を降りたとき、幼子の芳香《ファンシアン》（姉の四歳の娘の名前です）を連れて、人待ち顔に立っている弱々しい姉の姿を見つけました。私は身軽に車から降り、すぐに彼らのところへ走り寄りました。

「姉さん、体はだいじょうぶですか?」

あいさつのかわりに姉の身を思う気持ちが先に立ったのです。

「長旅からお帰りになったんですもの。寝てなどいられません。」

「このごろ義兄《にい》さんは、どうですか? 商売のほうはうまくいってるんですか?」

「ええ、悪いほうではないようです。少しはいいようです。」

私は芳香《ファンシアン》の手を取って梅林の間の細い夜道を姉の家まで歩きました。私は芳香に時々話しかけました。

「おじさんが帰ってきて芳香はうれしいでしょう。」

けれど芳香は眠いのか何も言いませんでした。家に入ると、姉はお茶の用意を始めました。湯呑み茶碗《ぢゃわん》をお湯でていねいに洗っています。

「どうかしたの?」私がそう言うと、姉はうつむきかげんに、申し訳なさそうに「病気がうつると大変ですから。」そう言いました。私は急に心が暗くなって姉の顔から視線を避けました。寝床に入ってから、長い間眠れませんでした。夜更けまで姉の重苦しい咳払《せきばら》いや、戸をがたごとさせて姉が便所に行く音に耳を傾けていました。

義兄はその夜、ついに帰宅しませんでした。商売の仲間たちとお酒を飲みにいったものと思われました。次の日、私は芳香《ファンシアン》を近くの川へ水遊びに連れていきました。姉も後ろからついてきました。梅林を抜けると麦田が広がり、その先に大きな川がありました。麦田のそばで私と芳香は足を止め後ろを振り返りました。

「姉さん、苦しくない？」

「お母さん、だいじょうぶ？」

「だいじょうぶ。」

姉はわざと元気な返事をしましたが、顔は青ざめ息は乱れていました。芳香は川が見え始めると急に元気付いて、私の手を放し一人で駆けていきました。

「気をつけるんだぞ！」

「気をつけてね！」

大人たちの声をよそに芳香は夢中で駆けていきました。私は姉と並んで歩きながら、「義兄《にい》さんは、よくしてくれる？」と聞きました。朴訥《ぼくとつ》な私の問いに姉はやや困惑したようですが、すぐ人の好《よ》い笑みをもらし何も言いませんでした。

川原へ降りると私は芳香の手を引いて浅瀬を歩かせました。川は穏やかに流れていました。

「芳香ちゃん、ここでおじさんと遊んでいるんですよ。母さんはジャブジャブしてきますからね。」

そう言いながら姉は、いくらか恥ずかしそうなようすで、浴衣《ゆかた》の帯をほどきかけました。

「いやよ、あたいも行く。」

芳香《ファンシアン》はどうしても母といっしょに入るんだといって聞きませんでした。そこでしかたなく私は右手で芳香の手を、左手で姉の手を引いて川の中へ入っていきました。芳香は小さな手で水をぱちぱちとはじき私の顔にかわいい水玉を次次に浴びせかけました。そして、きゃっきゃっと言いながらはしゃぎまわりました。

「もう、ここらでいいわ。」

姉はそう言って私の手を放し、水中に首だけを出して静かに全身を浸しました。

午後の太陽は川原を焼け石のように熱くしていました。姉は手ごろな石を見つけ、その上にずっぷりと濡《ぬ》れた腰を下ろしました。遠くの水平線のかなたを見ているようでした。私はその時初めて姉の、病原菌に蝕《むしば》まれた憐《あわ》れな肉体を見ました。べっとりと水に濡れた水着は彼女の全身に食い込むようにしてまとわりついていました。肋骨《ろっこつ》の一本一本が数えられるまでに浮き出ていたのです。私は見てはならないものを見てしまったのです。私はあわてて視線をそらし芳香の方に身を向けました。

「あなたなんかいいわね。何もかもこれからじゃないの。」

姉が突然、つぶやきました。

「何を言うんです。姉さんだってこれからじゃありませんか。」

かすかに湧き上がってくる悲しみの気持ちを押し隠しながら、私はそう言いました。しかし彼女の顔には暗い影が宿っていました。

私は姉の家に四日間滞在しました。義兄はそのうち一日だけ戻ってきましたが、仕事だといってまたすぐに出かけていきました。いよいよ姉と別れる時が来ました。姉は夕方になると、決まって熱が出ました。熱のため上気した顔で姉は寝床から台所まで出てきました。

「もう一晩だけ泊まっていってくださらない？」

姉は哀願するような瞳《ひとみ》で私を見ました。

「遅れると相棒に負担がかかりますから。」

私は服作りの仕事を何人かの仲間とやっているのですが、休暇期限が切れても帰らないと、その仲間たちに迷惑をかけることになるのでした。

「それもそうね。」

姉は元の平静さに戻ってそう言いました。私は姉の力になれなくてすまないと思いながら、出発の準備をしました。

「この次は冬休みです。春節の頃までにはきっとよくなってください。」私は柳行李《やなぎごうり》の紐《ひも》を結びながら、姉には顔を見せずにそう言いました。私が家を出る時、姉は芳香《ファンシアン》を連れて門のところまで見送ってくれました。

「さようなら。」と言って二、三歩歩き始めた時、急に後ろから姉の声がしました。

「真ちゃん、もう逢《あ》えないかもしれないわ。」

姉の声は病人とは思えないほど張りがありました。振り向いてみると、姉の瞳《ひとみ》は静かに大きく見開かれ、じっと私の方を見ているのでした。

これで私の話は終わりです。


「ところで、あなたのお姉さんはその後、どうなりました？　お元気になられたの？」

話を聞いていた女給の一人が尋ねた。

「いいえ、亡《な》くなりました。私が帰った二ヶ月後に死にました。」

ある日のこと、ウェイは出勤してきて控え室で店に出る準備を始めた。ピンで留めてあった髪をパッと振りほどき、大きな櫛《くし》で梳《す》いた。それから眉毛《まゆげ》を描き、最後にぐいと口紅を引いた。鏡の中の顔は見る見るうちに一変した。普通の若い女の子から女給へ。別人のようになった自分の顔を見てウェイは少し照れくさい感じがした。鏡に向かってアカンベーをして控え室を出ていった。

ウェイが薄暗い店内に入ったとたん、いきなりぎゅっと乳房《ちぶさ》を触った奴《やつ》がいる。

「キャッ！」

と悲鳴を上げた。悲鳴を聞きつけて女主《おんなあるじ》がやってきた。

「なあに、その声！」

「いきなり変なとこ、触るんです。」

触ったやつは逃げてしまい、誰だかわからなくなった。

「そういう時はね、あらッて色っぽく言うのよ。」

ウェイはあきれてしばしものが言えなかったが、女主の後ろでミンがおどけたかっこうで所作をまねるよう合図したので、

「あらッ！」

とやってみせた。

「もっと色っぽくよ。あーらッ！」

女主は再び見本を示した。ウェイは馬鹿《ばか》らしくなって、

「あーらッ、あーらッ……」

と何度も練習するフリをしながら、客席のほうへ歩いていった。

暗がりでウェイの乳房に触った男は、名を劉洪《リウホン》といい高価な骨董品《こっとうひん》を扱う商

売をしていた。ウェイはそのことをミンから教えられた。

「あの人、あなたの乳房《ちぶさ》を骨董品《こっとうひん》みたいに値踏みしたかったのよ、たぶん。」

「私って仏像や観音様みたいに見えるのかしら。」

「そうかもね。あの人、いろんな陶器や絵も持っているんですって。」

「一度見せてもらおうかしら。」

「でもね、あのての男ってかわいそうなのよね。」

ミンが神妙な顔つきでそうつぶやいた。ウェイはふしぎに思って聞いてみた。

「どうして、かわいそうなんですか？」

「ああいう男ってのは、子どものとき、母親に十分甘えられなかったんだよ。」

「へえっ！　そうなんですか？　私はまたその逆で、あの人は子どものとき母親に甘えすぎて、大人になった今でも自分の周りのものは何でも思いどおりになると思っているんではないんですか？」

「そうかなあ、よくわからないね。」

「一度、本人に聞いてみましょうよ。」

「それもそうね、おもしろいかも……」

こうして、この次その客が店に来たとき、店主には内緒で二人は彼を挟《はさ》み撃《う》ちにして捕まえた。

「おいおい、何をするんだよ！　いきなり、どうしたってんだ！」

いきなりミンに腕をつかまれたその客は、驚いた顔で二人を見た。

「あんたがこの前この人の乳房《ちぶさ》をつかんだのと同じよ。」

ミンはそう言いながら、客を店の一番奥の部屋に連れていった。テーブルの椅子《いす》に三人が腰を下ろした。ミンはウェイに合図して酒と食べ物を取りにいかせた。

ウェイが席に戻ると二人はやや打ち解けた雰囲気になっていた。

「さあて、これからあなたの話をいろいろと聞きたいの、私たち。」

「おいおい、裁判でも始まるのかい？　俺《おれ》はつるし上げられるのかい？」

男は困惑した表情で二人の顔を見た。男の表情にはどことなくおどけた所があったのでウェイは少し腹が立った。何か怒りの言葉をぶっつけてやろうと思っていたら、ミンがそれを制止するかのように目配せをし自分から話し始めた。

「あなたのお母さんはどういう人でしたか？」

男はえっ？と戸惑ったようだった。

「どうして、そんなことを聞くんだい？」

「あなたの欲しがるものは何でも与えてくれた？　それとも、いろいろと我慢させられた？」

「俺のおふくろは……」と男は遠いところを見るような表情をしながら、自分と母親のこれまでのかかわりを話し始めた。

「俺《おれ》のおふくろは優しい人だった。自分が欲しいと思うものは何でも与えてくれた。それは親父《おやじ》が俺に対して厳しすぎたからじゃないのかな。親父はまるで曲芸の馬をしつけるみたいに俺に仕事のあれこれを指示し覚えさせようとした。呑《の》み込《こ》みの悪い俺はいつも親父から体のあちこちをぶたれたよ。おかげで体のあちこちに赤いあざができちまった。親父は一生懸命だったんだろうけど子どもの俺はどうしてそんなにぶたれるのかよくわからなかった。ぶたれた後ぼんやりしていると、おふくろがやってきて抱きしめてくれた。その温かみは今でも忘れていない。」

「お母さんは今もお元気？」

ミンさんが聞いた。

「いや二年前に死んじまった。腎臓《じんぞう》を患っていたんだが……」

「それはご愁傷さまで。ところで、お母さんが亡《な》くなってから、あなたは一人ぼっち？」

「いや、親父と二人ぼっちさ。（この言い方がおもしろくてウェイはくすりと笑った。）親父といても少しもおもしろくないから家出した。それから居酒屋の女といっしょになってしばらく暮らした。」

「今もその人といっしょ？」

「いや、そいつは俺の金が目当てだったから、俺の持ち出した金が底をつくと離れていった。」

「それじゃ、あなた今、文無しなの？」

「文無しじゃ、こんなところへ来られないよ。」

「それじゃ、どうして来られるの？」

「親父《おやじ》がぽっくり逝っちまったんだよ。親父の遺産を受け取って親父の店を継いだんだ。」

「骨董屋《こっとうや》さんね？」

「ああ、そうだよ。」

「お店、繁盛している？」

「ぼちぼちね。」

「じゃあ、よかったわね。そろそろお嫁さんをもらったら？　いい人がいるんでしょう？」

「いないよ。俺《おれ》みたいなやつ、誰も気に入ってくれないよ。」

「そうかしら？　でも、あなた、好きな人がいるんでしょう？」

そう言ってミンはウェイのほうをちらっと見た。

「私、いきなり乳房《ちぶさ》を触ってくるような人は好きになれません。」

ウェイはきっぱりと言った。

「ごめんよ。あれは出来心だったんだ。」

「出来心ですむような問題じゃありません。あなたはいつも、ああいうふうに女性に対しては暴力的なんですか？」

「暴力的といわれるとちょっと違うと思うけど……」

「しかし、あなたが暗がりの中で私の乳房《ちぶさ》を触ったことは明らかに暴力的行為です。」

「君に好意を抱いたんだけど……」

「そんな好意は私には少しもうれしくありません。むしろ不快な感じさえしますす。」

「不快？」

男は理解できないというふうに頭を横に傾けた。

「そう、不快以外の何ものでもありません。」

「あなたはお父さんに怒られたとき、あなたを抱きしめてくれたお母さん、そのお母さんの乳房を思い出してウェイちゃんの乳房を触ったのかもしれないわね。」

ミンがそう言った。

「もしそうだとしても私はあなたのお母さんじゃないのですから、そんなことをされては迷惑なのです。」

ウェイはきっぱりと言った。

「君がもし俺《おれ》のおふくろのような存在になってくれたら……」

男は言いにくそうにつぶやいた。

「そんなの無理です。私は私、あなたのお母さんはあなたのお母さん、二人は別々なんですから。あなたのお母さんそっくりの人になれるのは観音様くらいです。あなたがあなたのお母さんそっくりの人を求めるのはわからないわけではありませんが、それが現実的に可能かというと、無理なんじゃないんですか？ そんなのできるのは観音様くらいです。」

ウェイは思っていたことをすべて吐き出した。男は卓子《テーブル》の脚をじっと見つめながら、しばらく考え込んでいた。

やがて男は重い顔を上げて、こう言った。

「俺は今やっと、自分のことがわかりかけてきた。亡《な》くなった母の影が強かったんだ。これからは少しでもその影と離れて歩くことにしようかな。」

「そうよ、そのほうがいいわ。あなたにこれから好きな人ができて、もしその人と結婚するようになったら、お母さんの影を強く引きずらず、その人自身を見、理解するといったふうにするのよ。そのほうが相手の人を幸せにするし、また、あなた自身も幸せになれるのではないかしら。」

ミンがそう言うと、その男、劉洪《リウホン》は何度も深くうなずいた。

劉洪が帰ってから、ウェイとミンは次のような話をした。

「ちょっとときつかったかしら、私の話。」

「いいのよ、あれくらい。」

「でも、劉洪《リウホン》さん、びっくりしたでしょうね。」

「そりゃ、びっくりしたでしょう。まさか、居酒屋でお説教されるなんて思ってもみなかったでしょうから。女の乳房を触るなんてここら辺の居酒屋では普通だからね。」

「すみませんでした。余計なことにつき合わせちゃって。」

「いいのよ、あれくらい。それに劉洪は案外、話のわかる客だから。」

「本当にいいお客さんで私も助かりました。はじめは緊張したんです。怒り出したりしないかとハラハラしていたんですが……」

「私は少しはあの人の気性がわかっていたから安心していたよ。」

「そうですか。ところで、あの人、また、店に来てくれますかね？」

「来るよ。きっと来る。ウェイちゃん、あの人のことが気になるかい？」

「ええ、少しは。でも、誤解しては困ります。」

「わかってるわよ。いい友だちになれるかもしれないってところでしょう。」

「そうです。それ以外の何ものでもありませんから。ミンさん、お願いですから、あの人には余計なことを言わないでくださいね。それから店のママにも。」

「わかったわよ、言わないわ。でも劉洪が今度、店に来るとき、どんな様子で来るかちょっと楽しみ……」

そう言ってミンはふふふと含み笑いをした。

「ミンさんの意地悪！」

そう言ってウェイはミンの肩を少し突いた。と同時に緊張感が解かれ、落着した解放感のせいか、快い喜びの感情が湧き上がってきた。ワッハハハハ……二人は手を取り合って笑い転げた。それは誰を笑うというのでもなく、それぞれの仕事を成し終えた自分自身への応援歌とでもいったらいいような、満足の笑いだった。

第3章　ウェイ、酒場をやめる

　ピノッキオと知り合いになってからウェイは以前ほど、胸をはだけなくなった。腰のまわりもお尻が突出するような服を着なくなった。しかし、履物《はきもの》だけは以前と変わらず、なまめかしい靴をはいている。客の誰かがそれを目ざとく見つけ、「ウェイちゃん、それ、小妖精がはく靴だね。」と冗談を言った。それからウェイはこの、実になまめかしい赤色の靴をやめて、男がはくような黒っぽい靴に変えた。ウェイは靴をツッツッと軽快に走らせ、お客に飲み物や食べ物を運ぶ。ある客が色めいたことを言ってからかう。するとウェイはちょっと口を尖《とが》らし、片方の肩を吊《つ》り上げ、「そんなこと言われても困るわ。返事できないわ。」と言う。

　劉洪《リウホン》はやはり店にやってきた。一人ではない。二人でやってきた。劉洪の明るい笑顔を見てミンが声をかけた。

「あらっ、久しぶり！」

「ああ、今日は友だちを連れてきた。」

「いらっしゃいませ。どうぞこちらへ。」

ミンは劉洪《リウホン》とその連れの客を店の奥の席へ案内した。注文を受けて帳場の方に戻ってきたミンはウェイに劉洪が店にやってきたことを告げた。

「あの人、やってきたわよ。」

「ああ、そうですか。」

「何だか気のない返事ね。」

「ええ、別に気にしていませんから。」

「そりゃそうだけど、あんまり素っ気なくしているのもどうかな。この前はあんなふうになったけど、お客さんなんだからすれ違ったら挨拶《あいさつ》くらいしなさいよ。」

「はい、わかっています。」

「あんたは根が正直すぎるから、すぐ顔に出るのよ。向こうはお金を払ってきてるんだから。それに新しい客を連れてきたわよ。」

「新しい客?」

「そう、友だちなんだって。」

「私もその席、行っていいですか?」

「いいわよ。」

ウェイはミンの後についていった。ウェイの顔を見るなり劉洪《リウホン》が言った。

「この前はどうも。」

劉洪はいたずらをした少年が母親に謝るように、はにかみながら頭を下げた。

「いらっしゃいませ。」

ウェイは神妙な顔つきで頭を下げた。

「何やってるのよ、二人とも。初めて会ったような余所余所《よそよそ》しい挨拶《あいさつ》をして。今日は新しい方もお見えになって本当にうれしく思います。さあ皆で、一献傾《いっこん》けましょうよ。」

ミンは新しい客に、ウェイは劉洪にそれぞれ酒を注いだ。

「干杯《カンペイ》!」

劉洪の発声に合せて皆、唱和した。

「ご紹介してくださらない、新しい方。」

「名は呉惟伸《オウェイシェン》、文筆家の先生だ。」

「文筆家?」

「知らないのかい?」

と、劉洪はふところから四つ折にした新聞を取り出して見せた。

「ほら、ここに連載小説『豚の足』、作者呉惟伸と出ているだろう。」

「ふうーん、読み物を書いてるんだ。で、いくらかもらえるんですか?」

「おいおい、君、いきなりそれは失礼だろう。」

「いや、かまいません。原稿料はほんのわずかです。あなた方のお給金の半分ももらえません。でも僕は満足なんです。僕の書いた作品が皆さんに読んでもらえれば、もうそれだけでうれしいのですから。」

「欲のないお方ね。私なんかたちまち干上がってしまいそう。」

ウェイはそばでミンと二人のやり取りを聞いていて、この世にはふしぎな商売があるものだと思った。新聞があるのは知っていたが、読んだことは一度もなかった。

「ところで、お二人はどういうお知り合い？」

ミンが尋ねた。

「惟伸《ウェイシェン》先生は……」

「あの、先生というのはやめてくれませんか、恥ずかしいから。ぼくはまだ駆け出しの物書きに過ぎません。この世界にはもっと偉い先生がたくさんいますから。」

「そんな偉い先生になっていただこうと思ってわたしは、微力ながら応援しているんです。」

「お気持ちはうれしいが、どうも恥ずかしくって……」

「わかりました。そうおっしゃるんならここではやめましょう。」

それから劉洪《リウホン》は呉惟仲《オウェイシェン》と知り合いになったきっかけについて話し始めた。

「この方は陶器などの骨董《こっとう》がお好きで私の店によくいらっしゃっていたのだが、ある時、こうおっしゃったんだ。

『ご主人、このような石仏を他にもっと見たいのだが……』

店に飾ってあったのは我が国の少し古い墓地に行けばどこにでも転がっているような何の変哲もない小さな石仏だった。

『よろしかったらいつか、ご案内しましょうか？』

『ああ、ぜひ頼みます。』

こうして私は惟仲さんを、とある無縁墓地に案内したのだ。」

「なあるほど、よくわかりました。それで、無縁墓地で石仏は見つかったのですか？」

ミンがそう訊《き》いた。ウェイも興味が湧いて思わず話に耳を立てていた。

「実はこれにはちょっとしたおまけがついて我々にはびっくりすることが起こったんだが、それについては私より惟仲さんの方が上手だと思うから、惟仲さん、お願いします。」

「さて困ったな、いきなりそう言われてもうまく話せるかどうかわかりませんが、ぼくの小説の勉強だと思ってやってみましょう。」

私たちが探した石仏は魏《ぎ》、晋《しん》、梁《りょう》、隋《ずい》などというずっと昔のものではありません。今から百年ほど前のものです。私は劉洪《リウホン》さんの案内でいくつかの無縁墓地を歩きました。街外れのある墓地の中で私は一基の高肉彫《たかにくぼ》りの石仏を見つけました。近くの人に聞いてみましたが、どこの寺の所有でもないということでした。宋《そう》時代の年号のある板碑《いたび》などもいくつかあり、どうもその頃のものではないかと思われました。

　この墓地はちょっと人目に入らない、高台のこんもりとした森の中にありました。私が目をつけた石仏は、少し消えかかった文字で「翠蘭信女《すいらんしんにょ》」と法名が書いてあり、高さ一尺ほどのものでした。石に生えた苔《こけ》の色といい、丸みを帯びた形といい、それはそれはとても美しくて、うっとりするものでした。私は千金を積んでも惜しくはないと思いました。それに、その石仏は持ち主がいないのですから黙って持っていってもいいのです。でも、それを昼間運んでいくことはやはり後ろめたく、恥ずかしい思いがします。私は劉洪さんと相談して、その夜運ぶことにしました。

　私は蠟燭《ろうそく》とマッチを持っていきました。昼間とは違い墓地はたいそう薄気味が悪く、ばさっと何かの音がしただけでびくりと毛が逆立ちました。見ると墓の入り口に濃《こ》い影が動きました。

「ずいぶん待ちましたよ。」

劉洪《リウホン》さんでした。

「すみません。」

私はそう言って時間に遅れたことを詫《わ》びました。それから二人は暗がりの中を、藪蚊《やぶか》に刺されながら昼間見た場所を探しました。目当ての石仏はなかなか見つかりませんでした。他にいろんな石仏があったから探すのに一苦労しました。それでも一時間ほどしてやっと見つけることができました。私は「翠蘭信女《すいらんしんによ》」の石仏を、そして劉洪さんはやはり昼間目をつけておいた板碑《いたび》を四枚、それぞれ背負って家に帰りました。

私が家に着いたのは夜中の十二時ごろでした。私はそれを寝室の一角に置いて、じっくりと眺めました。昼間はあんなに気に入っていた石仏でしたが、こうやって自分の家の寝室に置いて眺めていると急に薄気味が悪くなり、持ち運んできたことを後悔する気持ちが湧いてきました。それによく見ると石仏の下の方に墓地の生々しい泥がついていました。それを見るともうそれだけで石仏に対しているのが恐くなりました。私はそれから泥のついた石仏をそのまま押し入れにしまいました。そして蒲団《ふとん》を頭までかぶって眠りました。

翌朝目覚めると、左の頬がずきずきと痛みました。どうしたんだろう、ふしぎだなと思っているうちに痛みはどんどん激しくなりました。頬は目に見えて膨れ上がってきました。おかしいな、急にこんなふうになるなんて、そう思ってわたしは医者に行きました。

医者は私の口の中を見て「奥の歯ぐきが腫《は》れています。」と言いました。

「おかしいな、これまで何も特別なことはなかったんですが」

そう言うと医者もふしぎそうな顔をして、

「まあ、これでも飲んでみてください。」

と痛み止めの薬をくれました。

医者の帰りに劉洪《リウホン》さんの店へ行きました。すると劉洪さんは沈んだ顔つきで煙草《タバコ》を呑んでいました。そして、「首が痛いんです。」と言いました。

「いつからです？」と訊《き》くと、「今日の朝からです。」という返事でした。劉洪さんは「今朝から首の筋が引きつって首がうまく回せないのです」と、苦しそうな顔をしました。

「実は私もなんです。」

そう言って私は歯痛のことを話しました。

「崇《たた》りかもしれません。」

劉洪さんはそう言いました。

「返しに行きましょう、今夜。」

それで二人はその夜、板碑《いたび》と石仏を担いで墓場へ行きました。ふしぎなことに背中の石仏が重くてしかたがありません。これまで運んできた時の二倍の重さがあるようでした。

「しばらく休みませんか。」

私がそう声をかけると、劉洪《リウホン》さんも
「重い、重い、たったの板切れがどうしてこんなに重いんでしょう。」

と板碑《いたび》を肩から下ろしながら言いました。

「やはり、これも祟《たた》りなんでしょうか？」

「そうに違いありませんな。」

昨日の夜はあれほどわくわくしながら探し回った墓地が二人には何とも気味悪く、しかも恐いものとなったのです。二人は墓地を入った少しのところに石仏と板碑を下ろすと、後ろを振り向かず一目散に駆け出しました。それから私の歯痛はすっかりなくなり、また、劉洪さんの首も元通りになりました。

「よかったですね！」

ミンが言った。

「その話、本当ですか？」

ウェイが言った。

「本当ですよ。私が保証します。私も惟伸《ウェイシェン》さんといっしょだったんだから。」

劉洪が言った。

「小説というのは本当のことを書くんですか？」

ウェイが訊《き》いた。

「いや、そうだとも言えません。体験したことをもとに皆が喜ぶように色を付けていくんです。」

惟伸《ウェイシェン》が答えた。

「それってやっぱり人を喜ばせる仕事なんですね。」

ウェイが言った。

「そうです。言葉で人を喜ばせる仕事です。」

と惟伸。

「でも、小説は文字を使って作るのだから、文字の読めない人は喜ばせられませんね。」

とウェイ。

「そう、文字の読めない人間にはあまり関係がないんだよね。でもね、こうして口言葉で話をしてもらうとありがたいし、楽しめるよ。」

と劉洪《リウホン》。

「また、おもしろい話を聞かせてください。今日は楽しかったわ。」

とミンが最後の言葉で締めくくった。

ウェイは惟伸と劉洪にお礼を言って帳場に戻った。彼女には小説というふしぎなものが、また、それをつくる文筆家という職業のことが頭に強く残った。

酒場勤めの仕事は楽しいこともあったが、ピノッキオの想像もつかない嫌なことやつらいことがあるようであった。あるときウェイは、仕事が終わって店からの帰り道で、待っていたピノッキオにこう言った。

「私、翼がほしい。鳥になりたいの。」

「仕事、そんなにつらいんですか？」

ウェイは黙っていた。しかし、ピノッキオはウェイの眉《まゆ》から顔にかけて憂愁の蔭が潜んでいるのを見逃さなかった。ウェイは日ごとに元気がなくなっていった。

「私たちは籠《かご》の中に入れられた鳥なのよ。私たちはただ、悲しい歌をうたうだけ。昔、森で歌っていた生気潑剌《はつらつ》な歌は忘れてしまったわ。あのね、私の友だちは無理をして病気になったの。」

「どんな病気？　で、具合はどうなの？」

「神経がやられて耳が聞こえなくなった。心臓の辺りもずきずき痛むんだって。」

「そりゃ大変だ。耳が聞こえないと仕事ができないよね。」

「そうよ。お客の注文もよく聞き取れないんだもの。」

「で、その人、どうなった？　仕事、やめたの？」

「ああ、やめた。」

次の日、ピノッキオはまた、店の外でウェイを待っていた。夜も十二時を過ぎると寒さがしんしんとして体にしみこんでくる。やっと、ウェイが店から出てきた。彼女はピノッキオを見ると酒臭い息を吐きかけて、こう言った。

「あんた、私に縄梯子《なわばしご》を買ってきてくれない。」

「いきなり、どうしたの？　何に使うの？」

「私の部屋に備え付けるのよ。」

「何のために？」

「ぐずぐず言わずに買ってこい！」

ウェイは酔っ払っている。いつものウェイではない。たぶん、お客の相手をし、お客から勧められるままに酒をしたたかに飲んだのだろう。

そうして、その二日後、ピノッキオは縄梯子を買い、ウェイの住む家に運んだ。縄梯子は十メートルほどの長さで、軽く扱いやすいものだった。上端には鉤《フック》がついていて、ウェイの部屋の窓の内側にある頑丈な鉄の棒に引っ掛けることができた。これで、何かのとき、縄梯子がもつれなければいいのだがとピノッキオは思った。

それから三日後、ピノッキオは夜、ウェイの働く店の近くで「火事だ、火事だ」と連呼する声を聞いた。その日、店は休みだった。ウェイの住む家は店から八百メートルほどの所にあった。ピノッキオは心配でウェイの家の近くまで走っていった。すると、その家の二階の窓からナイトキャップをかぶった女が飛び降りようとしている。

「危ない！　あわてるな！　落ち着くんだ！」

ピノッキオはそう叫んだ。しかし、ウェイは部屋の窓から縄梯子《なわばしご》を外に投げ出すと寝巻き姿のまま急いで縄梯子を駆け下りた。地面に着いて駆け出そうとした瞬間、縄梯子が足にからまり、よろめいた。ドスーンという大きな音がしたあと、ガランガラン、ピチャピチャ、という音が続いた。ピノッキオがあわてて駆けつけると、大盥《おおだらい》の中でウェイが濡《ぬ》れネズミのようになっていた。洗たく屋が雨水をためておいた大盥へ体ごと突入したのだ。ぶるぶる震えて縮こまっているウェイを見たら思わず笑いがこみあげてきた。

「アッハハハハ……」

ピノッキオは腹を抱えて大笑いした。

「何がおかしいのよ！　はやく毛布をちょうだい！」

ピノッキオは自分の上着を脱いで彼女の肩に掛けた。

ウェイは振り向きもせず、皆の見守る中、そそくさと自分の部屋に逃げていった。

後でピノッキオがいろんな人から聞いたところに拠《よ》ると、この火事騒動はウェイの「臆病」（神経過敏症）をからかうため職場の意地の悪い仲間たちが仕組

んだいたずらだという。それを知ってピノッキオは笑ったのを恥じて、ウェイの身の上にいたく同情した。

ウェイは同僚のいたずらについて店の主人に報告した。しかし主人は、そんなこと気にするなんておかしいといって真面目に取り合おうとしなかった。また、ウェイは「今住んでいる家は騒がしくて、本一つ読めないの。」とピノッキオにこぼした。「また、部屋が汚いの。」そう言った。

それから間もなくウェイは仕事をやめ、転居した。彼女はためたお金をもとに日当たりのいい二階の部屋を見つけ、そこに住むことになった。彼女は念願の、清潔で静かな日々を送ることができるようになった。窓には香りの好《よ》い植木の鉢を置き、室内には小さな京胡《きょうこ》を置き夕方にはそれを弾いて楽しんだ。ピノッキオは時々彼女の家を訪ね京胡の音を聞いた。それを聞いていると、まるでイタリアに居るようななつかしい気持ちになった。

「この前、町で店の人に会ったよ。元気そうだった。」

「そう、それはよかったわ。でも、気がかりなのはミンさんよ。あの人、今、どうしているかしら?」

「君が店をやめる前にやめたんだよね。」

「そう。ミンさんは私がちょっといない間に店をやめてしまったの。今、どこにいるのかしら?」

「いつか、ミンさんに会いにいこうよ。」

「そうね。でも、ミンさんの住んでいる所、わかるかしら?」

「だいじょうぶ。ぼくが探すから。」

「そう、それじゃ頼んだ。わかったら教えてね。」

それからピノッキオは、ウェイの昔の友人ルアン・ミン(阮敏 ruǎn mǐn)を探すことになった。

第4章　八百屋店主のふしぎな話

ミンに似た人がいると聞いてピノッキオがたどり着いたその町は、とてもふしぎな町だった。

そこには四、五百人もの女たちが働いているという。外からは見えないように窓が閉め切られているので、ピノッキオは建物のそばの八百屋の店主に聞いた。

「あのう、ここにはどんな人がいるんですか?」

「さあね。」

店主はそっけない返事をした。

それにしてもこの建物は大きい。ピノッキオが建物の大きさにびっくりしていると、八百屋の店主が寄って来て次のように言った。

「これは千五百七十七年、皇帝の命令で建てられた煙草《タバコ》工場なんだ。二階建てで二百メートルよこ百六十メートルある。中で働いていたのは女工さんだ。」

「女工さんって？」

「女性の仕事師さんだよ。ここで煙草《タバコ》を作っていた。」

「煙草を作るって大変なんでしょう？」

「そりゃ大変だよ。暑い中で葉を巻くんだから。あっ、そうだ！　好《い》い話がある。聞くかい？」

「お願いします。」

ピノッキオがそう言うと店主は待ってましたといわんばかりに話し始めた。


女工の一人が門番の一人に恋をした。門番といっても全部で四十四人いたが、その中の飛びっきりハンサムな男に恋をしたのである。男は毎日工場にやってくるわけでなく、他の男たちもそうであったが、週に二度、月と金、工場にやってきた。女は彼のやってくる日を指折り数えて待っていた。

彼女はある日、ついに決心して、退出するとき、男に声をかけた。

「あなたの下げている鎖時計をくれない？」

男はふしぎそうに女を見た。それから、ただ一言、「いやだ。」と言った。

彼女はその日、真っ赤な服を着ていた。そして、腰の片方から長い足を露出させていた。靴も赤色で、その先には炎のような鮮やかなリボンをつけていた。

さらに服の上にはショールともスカーフともつかない中途半端な被布を羽織っ

ていた。男はあらためて女の全身を眺めた。相当に気合が入っている、男はそう思った。と同時に何か女の気迫に押される気がした。それはこの女の全身からオーラのようなものが湧き出ているのを感じたからなのだが、もっと言えば彼女の口元にある異常なものを見たからである。

女は口に花の枝を一本、くわえていた。その花はバラの花だった。この女はなぜ、こんなものをくわえているのか男には合点がいかなかった。ふしぎな女だ、男はそう思いながら、わざとそっぽを向いて他の女たちの退出する風景を見やった。とその時、男は眉間《みけん》に何かが当たるのを感じた。「痛っ！」男は眉間を押さえてかがみこんだ。見ると、足元にバラの花の枝が一本、落ちていた。女が飛ばしたのである。女は後も見ず、どんどん歩いていく。男は花の枝を拾い上げ、上着のポケットにそっとしまいこんだ。

それから数日後、工場の中で大騒ぎが起こった。たまたま勤めに来ていた例の門番の男が駆けつけると、女工たちが叫んだりわめいたりしていた。女たちのけんかだった。一人の女が血まみれになって倒れていた。そのそばに五、六人の女に支えられて立っている例の女がいた。男はびっくりすると同時に、バラの花の女の腕をつかみ監督室に連れていった。

監督は男に女を町の中にある監獄《かんごく》に連れていけと命じた。煙草《タバコ》工場は町のはずれ、すなわち郊外にあったから、男は女を連れて、てくてくと歩いて監獄ま

で連れていくことになった。野原を通り過ぎるとき、女はあまりにも暑いのでどこかで水を飲みたいと言った。その日は全く暑い日で太陽はぎらぎらと容赦なく照りつけていた。

「どこかそこら辺に泉があるだろう。」

男はぶっきらぼうに言った。それから女は一人で泉を探しに行った。男は女を信用して待った。

女はまもなく戻ってきた。

「もう、すんだのか?」

「いや、まだだ。先客がいるんだ。」

「先客?」

「そうだ。大きなナガムシが水を飲んでいる。」

ナガムシと聞いて男はビクッとした。ナガムシとは蛇のことなのである。男は女の後について、その水飲み場に行った。

こんもりと茂ったノウゼンカズラの強い匂いがした。藪《やぶ》の所々から蔓《つる》を延ばした木が、黄赤色の大きい花を道にあふれんばかりにいくつも誇らしげに見せていた。水飲み場には石でできた大きな鉢があった。ナガムシと呼ばれたそいつは山吹色の胴体を器用に鉢の上に乗せ、飲み口から滴り落ちる水を、きらりと光る白い歯を見せ、かわいい口でていねいに受けとめていた。噴水のように上からまっすぐに落ちてくる水をすすり、薄桃色の歯ぐきを恥ずかしそうに見せ、そいつはきれいな水をそっと飲みこんだ。うまいものだなあと男ははじめて見る蛇の水飲みに見入った。

それから、そいつは飲むのをやめ、後ろを振り返った。二人に気づいたようだった。しかし、あわてて逃げるようなことはせず、口から二股《また》の舌をちらちらさせ、一瞬《いっしゅん》考え込んだ。そして、からだを伸ばし、もう少し飲んだ。

「あいつを殺して！」

女が言った。

「黒い、黒い蛇ならいいやつだけれど、金色のやつは危ない。毒があるから。」

女は続けてそう言った。

しかし、男は殺す気になれなかった。女は男が黙っているので自分で棒を探してきた。

「さあ、これで打って！」

しかし、男は相変わらず黙って見つめていた。女は棒を投げ出し、地面から石を二つ三つ拾い上げた。そして、それを蛇に投げつけた。蛇は身をくねらせて上手にそれらをかわし、するするとノウゼンカズラの木陰に隠れた。

「残念だったな。」

男は女の方を向いてはじめて沈黙を破った。

「何よ、今さら、白々しい！」

女はふくれている。

「どうしたのよ！　怖かったの？」

「怖くなんかないよ。」

「じゃ、どうして殺さなかった？」

「あいつが友だちのように見えたからさ。」

「友だち？」

「そう、あいつははるばる、暗い地面の穴からやってきた。おれの客人のようだった。」

「客人？」

女はあきれたような、また、軽蔑したようなまなざしで男を見た。

「あいつはたっぷり飲んで、満ち足りた酔っぱらいみたいに帰っていっただろう。今ごろは寝屋で深い夢でも見ているんだろう。」

「お前はあいつが好きなんだ。そうじゃないのか？」

「そうかもしれん。」

「お前はバカじゃ！　ナガムシが好きだなんてお前はバカじゃ。この世で最高の馬鹿者《ばかもの》じゃ。アハハハハ……」

女はそう言って高笑いした。男もつられて笑った。

二人はそれからお互いに、どことなく親しみが湧くようになった。しかし、男は女に気を許したのがいけなかった。なぜなら、この後、男がぼんやりしていると、女がいきなり男の胸を拳で一突きしたからである。男は余りの痛さに胸をかかえてうずくまった。そのすきに女は早足で逃げた。

しばらく気絶していた男がようやく意識を取り戻し、あちこち探したが女を見つけることができなかった。男は監督から職を取り上げられた上、犯罪者を逃がしたというので監獄《かんごく》に入れられた。

ある日のこと、看守の一人が男に差し入れだと言って、四角い包み紙を手渡した。中を覗くと大きくてぶかっこうなマントウが二個入っていた。

「誰からですか?」

と訊くと、

「お前の従妹《いとこ》からだ。」

と答えた。

それから看守は男の独房を離れていった。男は空腹だったので、さっそくそれにかぶりついた。おかしい、何か歯に当たるものがある、そう思った男は、どこに潜んでいるかわからない看守に用心して、後ろ向きになって暗がりの中で、それを吐き出した。

一つのマントウからは鑢《やすり》、もう一つからは銅銭が出てきた。男はハハーン、あの女からのものだなと了解した。男は鑢《やすり》で鉄格子を切り脱獄《だつごく》した。それから囚人服を脱ぎ、農民や工場労働者の着る作業服を手に入れようと思った。そして、静かな裏通りの一軒の大衆食堂に入った。

煙草《タバコ》の煙がもうもうとして人の姿もよく見えない。ボーイが目ざとく見つけ、近寄って来た。

「何を飲みますか?」

男はビールを注文した。それから小魚と小エビの揚げ物を追加注文した。ボーイも店の客も男が緑色の囚人服を着ていてもなんら気にしていないふうだった。男が入ったこの食堂のある地区は昔から無法地帯と呼ばれ、住所不定の放浪者が大勢たむろしていたのである。

ふと隣の席で酒を飲んでいた爺さんが男の方を見ながら、

「旦那、よい服がありますよ、どうですか?」

と声をかけてきた。男は気にしていたことをずばり言われたので緊張して顔が引きつった。しかし、まさかこの男が警察の手下ではあるまいと思われたので少し笑みを浮かべ、爺さんに言った。

「それはありがたい。どうもこの服は窮屈でね。早く脱ぎたいと思っていたんです。」

「それじゃ、あっしから言われたといって黒泡《くろあわ》小路の、猪婆《いのばあ》さんの家へ行きなさい。きっといい服が見つかりますよ。」

　爺さんはそう言って穏やかな、人の好い笑みを浮かべた。

「ありがとうございます。助かります。きっとそうします。」

　男は飲み物と食べ物を平らげると、さっそく黒泡小路を目指して歩き出した。

第5章　八百屋店主のふしぎな話（承前）

（＊八百屋店主の話が続きます。）

街を行き交う人は皆それぞれ何かに酔っている、彼にはそう感じられた。立ち止まりもせず、また、後ろを振り向きもせず、皆それぞれ用事があってせかせかと歩いていく。街燈の光に青葉若葉の初々しい味が浮き出ている。雑然とした人の波にもまれて彼は、流されるままに進んでいった。時折、あちこちで人々の陽気なざわめきが起こった。長い橋を渡ると、左手にしなだれるように柳の大きな木が傘のように枝を広げていた。その暗がりの中から、そっと彼の袖を引っ張るものがいた。

「おにいさん、遊びましょうよ。」

青白いどろんとした目の女だった。顔には大きなホクロ（実は、よく見ると付けホクロ）があった。

「金は持っていないんだ。」

男はぶっきらぼうにそう言った。

「ふん、何言ってるんだい！　嘘《うそ》だろう、お金持ちって顔に書いてあるじゃないか！」

そう言って女は口元に手をやって、ククク……と笑った。

男はバラの花の女から差し入れてもらった金のことを思った。銅銭一枚はずいぶん値打ちがあった。というのは、さっき食堂で支払いを済ませても充分、ゆとりがあったからである。もしかしたらこの女は俺《おれ》のそうしたゆとりを見透かして声をかけてきたのかもしれない。そう考えると男はこの女についていってもいいとまで思うようになった。しかし、女の表情は彼を遊蕩《ゆうとう》の巷《ちまた》に誘《さそ》うような魅力にあふれているというわけではなかった。

「俺はそんなに金持ちじゃない。」

「わかってる。無理はさせない。髪飾りが買えるくらいの金があればいいんだ。」

女は真面目な顔でそう言った。その時の女の顔を見て男はびっくりした。女の顔には大きなホクロがなかった。それに青白いどろんとした目も消えていた。女の目は今や溌剌《はつらつ》とした生気あふれる若々しいものに変わっていた。これはいったい、どうしたことか、男は何が何やらわけがわからなくなった。それから男は女に導かれるまま、その後についていった。女の後ろ姿には何とも言われぬ艶《つや》めいた雰囲気が漂っていた。途中、何度か若い男女の群れに挟《はさ》まれて女の姿を見失いそうになった。それでも懸命になって女の早足についていった。

女は崩れかかった築地《ついじ》の間に入っていく。盛りを過ぎた合歓《ねむ》の木が一本あって、薄桃色の花を咲かせていた。その先にうっすらと灯りの見える小屋があった。

入り口には古莚《ふるむしろ》が下げてある。女が入ったのに続いて男も中へ入った。小屋の中は干草《ほしくさ》の匂《にお》いがした。だが、どこにも干草は見当たらない。板の間には白い敷布が掛けられ、それが所々山のように膨らんでいた。それはまるで蒲団《ふとん》のようにふっくらとしていた。

「入るかい？　気持ちいいよ。」

そう言って女はするすると服を脱ぎ、白い蒲団にもぐりこんだ。夜もふけてきて少し寒くなってきた。男は誘《さそ》われるまま、蒲団にもぐりこんだ。背中がふかふかしてとても気持ちよかった。ああ、これなのかと男ははじめて悟《さと》った。蒲団の下に干草が敷き詰められているのだった。

「こりゃ、なかなか寝心地がいいね。」

男は満足して、そう言った。

「ああ、これは母譲りの干草寝床なの。気に入った？」

「うん、とても気に入った。」

男は急に睡魔《すいま》に襲われた。監獄《かんごく》を脱出してからの疲れがどっと押し寄せてきたのだ。黒泡小路へ行くのも忘れて。

男はまだ太陽の上らぬ間に目覚めた。隣に寝ていたはずの女の姿が見えない。どうしたのだろうと見回すと向こうの板の間でなにやら作っている。食事を作ってくれているのだった。香ばしいタン（スープ）の匂《にお》いがした。パオズ（肉まん）を蒸す湯気も上っている。野菜をいためる油の匂いも漂ってきた。

こうして二人は朝食を食べた。男は気になっていることを尋ねた。

「どうして付けボクロをして妖婆《ようば》の顔をしていたのかい？」

「ためしたんだよ。」

「何を？」

「お前の心。」

「俺《おれ》の心の何をためしたんだ？」

「それはお前自身に聞くがいい。ところでお前はこれからどこへ行く？なんて訊《き》くのは世故に通じていないかな。いやだったら答えなくていいよ。」

「俺はこれから服を買いに黒泡小路へ行くんだ。」

「黒泡小路？」

女は一瞬《いっしゅん》、怪訝《けげん》な顔をした。

「黒泡小路がどうかしたか？　俺はこの辺の事情がまるっきりわからないん

だ。」

「黒泡小路ってのは泥棒の巣窟《そうくつ》だよ。」

「何！　泥棒だって！」

「そうだよ。旅人を襲ったり、金持ちの家に押し込み入って金品を奪い火を放つ恐ろしいやつらだよ。」

「それは知らなかった。」

男が呆然《ぼうぜん》としていると、女は畳み掛けるようにして訊《き》いてきた。

「でも行くのだろう?」

「ああ、行く。行ってそいつらが何のために泥棒をするのかつきとめてくるよ。」

「バカだなあ。そんなの、つきとめる前にやられちゃうよ。」

男は自分が世間知らずなのをよく知っていた。しかし、ここはそれ、盗賊というものがどういうものか一度会ってみたいという好奇心も湧いた。

女は無理に引き止めなかった。別れる時、一振りの剣をくれた。これじゃ俺《おれ》が宿代を払ってもお前さんに足が出るだけだと男は辞退した。しかし、女は男が無事で戻って来た時、倍返ししてもらうからいいと、カラカラと笑って取り合わなかった。──

ピノッキオはじれったくなって八百屋の店主に言った。

「あのう、お話の途中で申し訳ありませんが、ぼくはある女の人を探しているんです。今までのお話はぼくが探している人と関係があるんでしょうか？」

「そうだなあ。関係があるかもしれないし、あるいは、関係がないかもしれないね。」

「そんなの、困りますよ。ぼくは今までずっとあなたの話を夢中になって聞いていたんですから。」

「ずいぶん損をしたと思うかね？」

「そうですね。だいぶ時間のむだをしたと思います。」

「まあそうだろうな。それなら、すまんことをした。だがな、俺《おれ》は一度、この人たちのことを話しておきたかった。話すことで今ここにいると思えるんだよ。」

「ふうーん、そんなもんですか。ところで、かっこいいバラの花さんと、やさしい干草さん、彼女らとあなたのご関係は？」

「ご関係？　ああ、それはただの知り合い。」

「ただの知り合い？」

「そうだよ。」

「どちらも中国の人ですか？」

「干草はそうだよ。バラの花は胡姫《こき》だった。」

「胡姫《こき》って何ですか？」

「イラン人の血筋を引く青い目の美人さんだよ。」

「その人が中国にいたんですか？」

「いたよ。初めは煙草《タバコ》工場で働いていたが後には酒場で働いていた。彼女らには酒場で出あったんだ。」

「酒場で！　ぼくが探している人も酒場で働いていたんです。」

「お前さんが探している人というのはどんな人だい？」

「名前はルアン・ミンといい、酒場で女給をしていたんです。」

「ふうーん、で、年かっこうは？」

「年は、そうですね、女給をやっていたとき三十八、九でしたから、今は四十を越しています。背が高くひょろっとしていて痩《や》せています。」

ピノッキオはウェイから聞いたことと自分の印象を取り混ぜて、そのまま話した。

「なるほど、それじゃ、だいぶ婆《ばあ》さんに近い女だね。痩せぎすののっぽなんだ。胡姫とは大違いだ。」

失礼じゃないですかとピノッキオは抗議したくなった。これじゃミンさんに気の毒だと思った。だから、こう言った。

「いや、それが違うんですよ。年はとっているんですが、見かけは大違い。二十代の終わりか三十代の前半といった感じなんです。」

「へえっ！　そいつは驚いた。そりゃ化け物だぜ。ぜひお目にかかりたいね。」

またしても、店主の暴言だ。この人の、口の悪さにはあきれてしまう。もう言うのは一切やめようと思った。しかし、やめればミンさんのことは聞けなくなってしまう。ピノッキオは店主の顔を見ながらためらいつつ、やっと言葉を発した。

「どうでしょうか？　心当たりがありますか？」

店主は顎《あご》に手をやってしばらく考え込んだ。今度こそ幸運の言葉が飛び出しますようにとピノッキオは祈った。

「あっ、そうだ！　さっき俺《おれ》が話したことだがね、あの話の中に出てきた千草の女がもしかしたら知っているかもしれないね。」

「その人がミンさんなのでしょうか？」

「いや、そうじゃない。千草の女、名前は何といったかな……」

店主は頭をかかえて目を閉じた。しばらく記憶の糸を手繰《たぐ》り寄せている。

「このところ物忘れをして困ってるんだがね、今日はどういうわけかうまく思い出せそうだ。」そう前置きして、「千草の女の名は澄華《チャンファ》だ。彼女の姉が、年といい、かっこうといい、そっくりだね。」

「酒場の女給さんをしていましたか？」

「ああ、していたと思う。そんなことを澄華《チャンファ》から聞いた。」

「それじゃ、ぼくはこれから、どうしたらいいんだろう？」

ピノッキオは迷ってしまった。

「澄華に会うんだね。会って姉さんのことを聞いたらいい。」

「澄華さんの住所を教えてくれますか？」

「ああ、いいよ。おやすいご用だ。」

店主は住所と地図を紙に書き、それをピノッキオに渡した。

「ありがとうございました。長い話もためになりました。」

「気をつけていくんだぞ！　どんな目に遭《あ》うかわからないからな。」

ピノッキオは地図を見ながら、もう駆け出していた。無為に過ごした時間を取り戻そうとでもするように。

第6章　澄華《チャンファ》という道士

八百屋の店主からもらった地図を頼りに古莚《ふるむしろ》を下げた小屋を探したが、そういう家は一軒も見当たらなかった。なあんだ、あのおじさんに一杯食わされたんだ、ピノッキオはそう思って目印の場所にあった大きな石の上に腰を下ろして休んだ。あたり一面干草の匂《にお》いがした。近くに合歓《ねむ》の木があり、美しい薄桃色の花が咲いていた。うっとりと見とれていると、どこかから声がした。

「風来《ふうらい》さん、風来さん。」

ピノッキオは返事をしなかった。

「風来さん、風来さん。そこにいるあなたのことですよ。」

そう言われてピノッキオはぎょっとして振り向いた。忍びやかな足音と衣擦《きぬず》れの音がして、後ろからそっと彼の肩に繊弱な圧迫が加えられた。彼の耳際には女の香ばしい息が微動している。

ピノッキオは八百屋の店主から聞いた話を思い出していた。これはきっと妖《よう》婆《ば》の使者だ、ぼくをためそうとしているんだ、そう思ってピノッキオは他人事を見るような冷ややかな目で見過ごしていた。

ピノッキオは努めて冷静にしていた。しかし、そのうち目の前が急に暗くなり、一つの陰気くさい部屋が現れた。部屋の中ではイタリアのジョヴァンニ父さんが机の上にぶ厚い本を広げて一心に読んでいた。しかし、ジョヴァンニの顔は青ざめ元気がなかった。そして時々苦しそうに咳《せ》き込《こ》んだ。

「ピノッキオ！　ピノッキオ！」としわがれ声で呼びながら、「ピノッキオは居ないのかい？」と窓の外に向かって叫んだ。

ピノッキオはうっかり「お父さん、ぼくはここです。ここに居ますよ。」そう叫びそうになった。

「ああ苦しい。背中をさすってくれ。ああ苦しい。」

ジョヴァンニは息の詰まりそうな声で苦痛を訴えている。そのうち、ジョヴァンニの咽喉《のど》がごろごろ鳴り出して、ついに事切れてしまう、その寸前、

「お父さん！」

ピノッキオは思わず一声を発した。と同時に見たこともない美しい女が目の前に立っていた。

「はじめまして！」

女はていねいに挨拶《あいさつ》をした。

「あなたは誰ですか？」

「私は澄華《チャンファ》と言います。このあたりに棲《す》む道士です。」

「道士といいますと……」

「神仙の術を使う者です。」

「あなたはぼくの心をためしたんですね？」

「はい。実はこのところ仙薬《せんやく》を作りかけていました。あなたが最後のところで声を出さなかったら私の仙薬が完成し、また、あなたは道士になれたのです。ああ、惜しいことをしました。私はもう一度初めからやり直します。あなたはまだこの世との縁が切れていません。ですから、この世のいろんなことを存分に楽しんでください。」

　そう言って女は紫煙を立ち昇らせ、その中に身を隠そうとした。ピノッキオはあわてて呼びとめた。

「ちょっと待ってください。お願いがあります。ぼくはルアン・ミンという人を探しています。何か知っていたら教えてください。」

「ルアン・ミンですって！」

「知っていますか？」

「よく知っていますよ。彼女は私の姉ですから。」

「やはり、そうでしたか。実は八百屋のおじさんから聞いていたんですが……」

「ああ、あの人ね、いつか会ったことがあります。おもしろい人でした。」

「八百屋のおじさんとはよく逢《あ》われるんですか？」

「いえ、そんなに逢いません。あの人は仙薬《せんやく》作りに協力してくれたのです。」

「それだけの人なんですか？」

「ええ、それだけ、ただそれだけの人です。」

「それじゃ、おじさんに気の毒です。おじさんがかわいそうです。」

「どうして？」

「だって、おじさんはあなたが好きなんですよ。あなたが大好きなんです。」

「そうかしら。でもね、私たち道士にはそういう感情が働かないのよ。」

「働かない？　ウソでしょ、働かないのではなく、働かないようにわざと抑《おさ》えているんじゃないんですか！」

ピノッキオはついに興奮してそう言った。女は冷ややかな笑《え》みを浮かべ、

「あなたは血の気の多い人ね。血の気の多い人は道士になれないわ。でもね、あなたが道士にならなくても、少しは私の生き方も理解してもらいたいな。それにあの人はもと、宦官《かんがん》なの。」

と言った。

「宦官？　それ、いったい、何ですか？」

「あなた、知らないの？」

「はい、知りません。」

澄華《チャンファ》は疑い深いまなざしで、じろじろと見た。

「あなたは異国から来た人のようだから知らないのね。宦官《かんがん》ってのは、貴族や宮廷に仕えていた男の人で、去勢されているのよ。」

「去勢されているから、いやなんですか?」

「そうじゃないわよ。うまく言えないけど、道士と宦官がいっしょに暮らすって変じゃない?」

「そんなことありませんよ。ぼくはお互いの心の問題だと思いますが……。」

「あなたって甘いのね。」

「甘くなんかありません。甘いのはチョコレートやキャンディです。」

「アハハハハ……。あなたっておもしろい人ね。まあ、いいわ。私たち二人の間のことだから、放っておいてちょうだい、あなたにはよくわからないわよ。」

「そうでしょうか?」

ピノッキオは納得できなかった。しかし、もうこれ以上言っても平行線をたどるだけだと観念して、話題を変えることにした。

「ところで、あなたのお姉さん、つまり、ルアン・ミンさんのことを教えてくれませんか。」

それから澄華は次のような話を語った。

私と姉ミンはそれはそれは仲の良い姉妹でした。姉はいつも私を助けてくれましたし、私はまた、姉を頼りにして生きていました。両親は雑貨を売る店をやっていました。そして姉も私も両親の言うとおりにする、いたっておとなしい娘でした。やがて姉は成人して、ある人のところへ嫁に行きました。しかし、不幸なことに夫は姉が嫁に行って間もなく死にました。その家は弟夫婦が継ぐことになり、姉は夫の百日法要を済ませて帰ってきました。それからの姉の行動はすべて両親を喜ばせるものではありませんでした。再婚の話は皆、断りました。女学校の教員になるんだといって勉強し始めました。父も母も「今からそんなこと始めてもどこも雇ってくれない」と反対しました。しかし、姉はがんばってある学塾の教員になり自活を始めました。一年、二年、三年は両親も姉の行動に反対していましたが、そのうち、「とても我々の言うことはきかない。まあするようにさせておくか。」とあきらめるようになりました。私はそういう姉が何か見捨てられたように見えて、姉さんは淋しくないだろうかと思いました。いつも何かを考えているような、淋しそうな姉の顔を思い浮かべると、私は姉のようになるよりも、素直な子、おとなしい子と思われて、両親からいつまでもかわいがられて暮らしたいと思ったのです。

そのうち私も成人して嫁に行く年頃となりました。ある日のこと、私はいつものように母と二人で縫い物をしていました。

「のう、澄華《チャンファ》。」と、母がふだんとは少し違った調子で呼びかけて話し出したのは、店の使用人沙伍《シャーウー》を養子にもらってうちの店を続けていくという計画でした。私には全く意外なことでした。「ミンさんも家を出て、あの店はいったい誰がやるのだろう」という世間のうわさを私は聞かなかったわけではありませんが、まさかその難題が自分の身に落ちてくるとは考えませんでした。私は自分の未来が突然暗くなるのを感じました。

「私はいやです。」

いつもと違ってきっぱりと言いました。しかし母は不満そうでした。

「いやだって、いったい何が不服なの？　沙伍はもう十年も店にいてよくわかっている、いい人じゃないの。お父さんも充分見込みがあると言っておいでなのよ。」

私には自分の気持ちがわかってもらえない歯がゆさと悲しさがどっとこみ上げてきました。

「でもいやなんですもの。」

と同じことを繰《く》り返《かえ》しましたが、声が鼻にかかって涙声になりました。

母は私に相談するというより、異存はないものと決めていたので、私の返答が意外なようでした。隣の部屋には父がいるようでした。その父に気づかれないように声を低くして母はまた、言いました。

「せっかく昔から続けてきて、また、お父さんがこれまで大きくしたお店だよ。お前が継がねば他人に渡すことになるんだよ。」

両親が店に対して強い執着を持っていることは私にもよくわかっていました。そして、家に残っているのは自分だけだと思うと、初めて自分の位置をはっきりと見ることができました。思えば、のんきすぎる自分でした。今になってじたばたしてももう遅い、そんな気がしました。いつの間にか枷《かせ》をかけられていた自分の運命が恨めしく思われました。

「他の人を考えてください。使っている人はいやです。」

私は口実を考えながら言いました。

「世の中には親ほどいいものはありませんよ、自分から言うのはおかしいけれど。親の傍で暮らせることの幸せも考えてみてね。」

母はそう勧めて、その日は終わりました。けれど、また、幾日かしてその話を聞かねばなりませんでした。母の考えはいつも、店と家を子どもに継がせることが中心でした。私はついに反抗心を起こしてこう言いました。

「それではお母さんたちは私より店のほうが大事なのね。」

母はおやっという表情を見せ、少し苦しい顔で言いました。

「それじゃ、店はどうなってもいいの?」

「どうなってもいいとは思わないわよ。」

「それじゃ、あなたのわがままよ。」

「わがまま?」

「そう、親や家はどうなってもいいというのはわがままよ。」

私は悲しくなりました。学校で教えられた「親孝行」や「自己犠牲《ぎせい》」という言葉が頭の中でぐるぐる回転しました。今まで手を出せばすぐに掴《つか》むことができるところにあった親の心が、急に届かないところへ離れていくのを感じました。しかたがない、家を出よう、そう決心して、ある日、両親の寝静まった頃を見計らって私は家を出ました。

姉ミンのところへ行きました。姉は学塾の教師をやめ、居酒屋で働いていました。教師の給料では食べていけないとこぼしていました。姉の部屋に居候しているのも悪いので、私も何とかして仕事を見つけようと、あちこち探しました。やっと見つけたのが薬屋です。この薬屋はちょっと変わっていて、ある高貴なお方から頼まれた仙薬《せんやく》の開発に力を入れていました。薬屋の主人は私にその仙薬の開発を命じました。それで私は道教の修行をし、どうにかこうにか師匠から道士の資格を与えられました。しかし、いまだに仙薬を作り出すことができないのです。

ピノッキオは澄華《チャンファ》さんの話が一段落したところで次のように言った。

「道士になったところの話をもう少し詳しく話してくれませんか。」

「あっ、そうそう、そこら辺の話が今ひとつ足りませんでしたね。」

そう前置きして澄華さんは話を続けた。


私は師匠から紹介されたふしぎな老人の後について天目山の奥へ奥へと分け入りました。最初、ちょっと見たところでは山はそれほど高くありませんでした。しかし、進めば進むほど奥が深いのです。一峯《みね》過ぎて又一峯といった調子で、次から次へと峯が現れてくるのでした。私ははあはあ息をはきながら脇目も振らず、しかも、足許を気にしながら岩と岩の間の細い道を上っていきました。下を見ると目がくらみそうで怖くなります。老人は見かけとはまるで違うかのように楽々とした足取りで上っていくのです。ははーん、この人はこの道を歩き慣れているのだなと私は思いました。

それにしてもこの老人はふしぎな人だと思いました。なぜなら、この人は師匠から紹介される前、どこかで会ったことがあると感じたからです。私が姉の家から勝手に飛び出して、街中をうろうろしていたとき、いくらかのお金をくれた紳士によく似ていたからです。姿かっこうは違っていましたが、どことなく似ていたのです。

私は寒い夕暮れ、お腹がペコペコで、しかも破れた着物を着てぶるぶる震えながら街をさまよっていました。そのとき、こっそりとお金をくれたのは、すらりとした背の高い紳士でした。

また、私が好きな男に金を貢《みつ》いで、すっかり文無しになったときのことです。前のように、みすぼらしい姿で街をうろつき始めました。するとまた、どこからか背の高い紳士が現れ、いくらかのお金をくれました。私は二度も助けてもらったので、恥ずかしいやらうれしいやら実にふしぎな気持ちでした。それで今度こそ立ち直ると決心して、その紳士にこう言いました。

「どうかお名前とご住所を教えてください。きっといつの日か、お金をお返しいたしますから。」

すると、紳士はこう言いました。

「お金は返してもらわなくてけっこうです。それはあなたに差し上げたものですから。」

「でも、それではわたしの気がすみません。それに気の弱い私はご好意に甘えてばかりですと、また、どうしようもないことをしでかしてしまいそうで怖いのです。」

「それではこうしましょう。今から三年後、みごと、あなたが立ち直ったら、あの古い楠《くすのき》の木の下へやってきてください。」

それから私は一生懸命仕事をし、いくらかお金をためることができました。そして、約束どおり三年後、楠《くすのき》の木の下へ行きました。

するとそこへやってきたのは紳士ではなく、老人でした。老人は、

「あの人は死にました。私はその人に仕えていた召使です。」

と言いました。

「お墓参りをさせてください。」と私が言うと、その人は「遠いところですよ。」と言いました。

「かまいません。どんなに遠くても行かせてください。案内してください。」

「それでは私のあとからついてきてください。」

老人は先に立って、スタスタと歩いて行きます。私は遅れないようにと後を追いましたが、どうしても追いつけません。見る見るうちに老人の姿は小さな点になってしまいました。そして、私はついに老人を見失ってしまったのです。その老人と今、目の前にいる老人とは、実によく似ていました。私は今度こそ遅れないようにと老人の後に懸命についていきました。

老人は相変わらず、無言のまま歩き続けました。私も黙ってついていきました。十いくつかの峯《みね》を越えたとき、目の前に鋭くそそり立つ岩山が目に入りました。ほとんど土が見当たらず、岩ばかりでできているごつごつした感じの山でした。老人は初めて口を開き、「あれが仙霞嶺《せんかれい》です。」と教えてくれました。

それから道はますます険しくなりました。苔《こけ》はますます滑らかになり、すべりやすくなりました。私たちは注意して道を急ぎました。ついに断崖絶壁《だんがいぜっぺき》に達し、道はそこで尽きていました。老人は岩の角に足を掛け下へ降りていきます。下を見下ろすと清水の湧き出ているあたりに小さな洞《ほら》穴《あな》が見えました。老人はそこを目指しているのです。私も老人の真似をして降りていきました。老人は洞穴の奥へと向かっています。私も同じようにしました。

穴の中は思ったよりも広く、奥へ行くにしたがって広くなりました。入り口は低く、頭をすぼめて這《は》うようにして入らねばならなかったのに、奥に入ると天井《てんじょう》が高くなり立っても大丈夫でした。白芝《びゃくし》の好《よ》い香りがして私はうっとりとしました。穴の中は薄暗かったのですが、老人の後について歩んでいくと、前方に小さな明かりが見えました。始めは針の穴ほどの小さなものでしたが、だんだん大きくなって星の光となり、ついに満月の明かりとなりました。

まもなく、そこは一面、菜の花を敷き詰めた花野原となりました。空には形のよい雲が浮かび、すばらしい宮殿が蜃気楼《しんきろう》のようにそびえていました。老人はどこで見つけたのか、一本のくすんだ杖《つえ》を持っていました。その杖を空のかなた、雲の方に向かって投げつけました。すると、たちまち空は曇り、その黒雲の中から真っ赤な龍《りゅう》が身をうねらせながら舞い下りてきました。あれよあれよと見ているうちに老人はすばやく龍《りゅう》に飛び乗り、私を引き上げてその後ろに乗せました。それから龍はびゅうびゅうと風を切り、宮殿に向かって飛んでいったのです。

宮殿には門もなく、中はいたってひっそりとしていました。庭には見たこともないふしぎな樹木が生えていました。それは椰子《やし》の木に似ていましたが、なっている実は椰子の実でなく、人間の赤ん坊に似た形の桃の実でした。普通の桃の実の四倍くらいの大きさで、生まれたままの赤ん坊の姿にそっくりでした。私にはあんなもの、どうするんだろうとふしぎでした。まさか食べろと言われても遠慮したいと思いました。宮殿の正堂に入ると、その真ん中には高さ九尺ほどの大きな釜《かま》が据えられ、中でぐらぐらと何かが煮えていました。釜の周りには八人の、巫女《みこ》と思われる人たちがそれを見守っていました。さらに彼女たちの前後左右には青い龍《りゅう》と白い虎《とら》がうずくまっていました。

そのうち老人はと見ると、彼はもはや老人ではありませんでした。あの紳士の顔でした。彼は変装していたのです。彼は私に近づくと、こう言いました。

「さあ早くこれを飲みなさい。」

渡されたのは白くて小さい、果物の種子のような薬三粒と、お酒のような飲み物でした。香りのよさに引かれて私は一気にそれを飲み干しました。

「これから、あなたを試験します。合格すればあなたは私たち道士の仲間になれます。合格しなければ市街《まち》へ帰ってもらいます。」

男はそう言いました。

「わかりました。それで、どんな試験ですか？」

「これからあなたの目の前にいろんな出来事が起こります。しかし、どんなことが起ころうとも、あなたは決して動いてはいけないし、また、声を立ててもいけません。いいですか、それを守ってください。」

男はそう言うと、何ごとかの呪文《じゅもん》を唱え始め、如意棒《にょいぼう》を上下左右に振り回しました。それからお釜《かま》の前に行き三拝し、太上老君《たいじょうろうくん》の御名を呼びながらしばらく祈りました。するとお釜はさらにかっかと燃え上がり、あたり一面に金色の光を放ちました。私はあまりの眩《まぶ》しさに目を開けていられなくなりました。それに先ほど飲んだ薬が効いてきて眠くなりました。お釜も巫女《みこ》も、それに青い龍《りゅう》や白い虎《とら》もみな消えてしまい、私は一人で街の中をふらふらと歩いていました。

「ところで、私があなたに聞きたかったのはあなたのお姉さん、ルアン・ミンさんのことなのですが……」

ピノッキオは待ち切れずに言葉を挟《はさ》んだ。

「ああ、そうでしたね。ごめんなさい、ついついおしゃべりをしてしまって。」

「ミンさんは今、どこにいらっしゃるんですか？」

「姉は居酒屋に勤めています。」

「ああ、そのことは知っています。ぼくの友だちのヤン・ウェイといっしょに働いていたんですから。」

「あら、そうですか！　だったら、わたしこそ、姉のことが知りたいわ。」

「でも、ミンさんは居酒屋、店の名は霊猫《れいびょう》というんですがね、そこをやめたんです。」

「やめた？」

「はい、ウェイが店をちょっと休んだときに、急にいなくなったんです。」

「ふしぎね。」

「そう、ふしぎなんです。」

「そのウェイさんにも行く先を教えなかったんですか？」

「はい、そのようです。」

「それで、姉がお店をやめたのはいつですか？」

「半年前です。」

「半年前？」

「探し出すのにいろいろと時間がかかってこんなに経《た》ってしまったんです。」

「何もあなたを責めているわけじゃないのよ。こういうことは早目にやらないと手がかりがなくなるのよ。姉はすぐ行動するたちだからどこへ行くかわからないのよ。」

「すみませんでした。」

「別に謝らなくてもいいのよ。姉のことを心配してくれる人がいて、私うれしいわ。」

澄華《チャンファ》さんは目に少し涙を浮かべた。それを見てピノッキオは澄華さんは本当に道士になったのかどうか疑わしく思った。こんなに涙もろくては道士の試験に合格するはずがない。

「ところで、八百屋の店主の話を聞いているとミンさんはどうも盗賊《とうぞく》の仲間に入ったのではと思われるんですが、その心配はありませんか？」

「盗賊？」

「盗賊なんて勇ましいことが、あの姉にできるかしら？」

「そりゃ、わかりませんよ。君子だって豹変《ひょうへん》するっていうじゃありませんか。」

「あの姉なら、やりそうなことが一つあるわ。」

「それは何ですか？」

「私たち、子どものころ、何になりたいかって当てっこしたのよ。」

「私は魔法使《まほうつか》いに、お菓子作り、それに薬屋。姉は学校の先生に、居酒屋の給仕、それに豚の料理人。」

「豚の料理人？」

「そうよ。中国の人は皆、豚肉が大好きなの。その豚肉を使っておいしい料理を作ること、姉は今それをやっているんじゃないかしら？」

「なるほど、あり得ることですね。」

「それほど遠くに行っていないわよ。ここら辺の人が行くとすれば、山を一つ越えた向こうの町ぐらいだからね。」

「ありがとうございます。さっそく行ってみます。」

「見つかったら、私も元気にやっているって言ってちょうだい。妹、澄華《チャンファ》は目下、仙薬《せんやく》の開発に一生懸命だって、そう伝えてちょうだい。」

「わかりました。確かに伝えます。」

「それでは元気でね。幸運を祈っていますよ。」

そう言いながら澄華さんはピノッキオに腹痛止めの薬をくれた。野草から作った薬だと言っていた。

「中国ではよく薬食同源《やくしょくどうげん》というのよ、覚えておいて!」

澄華さんは遠くから手を振ってそう叫んだ。

第7章　蘇《そ》少年と出会う

ピノッキオは澄華《チャンファ》さんから教えられた山向こうの町に着いた。この町はとても大きい町で、人も多く面積も広かった。ルアン・ミンさんを探すのは容易でなかった。宿を借りて一週間くらい滞在することにした。

その日、朝早くから宿を出て探したが、ミンさんは見つからなかった。重い足を引きずるようにして戻ってきたピノッキオは、宿に近い洞穴《どうけつ》の薄暗がりの中に誰かがうずくまっているのを発見した。

「誰だ？　そこにいるのは……。」

ピノッキオは恐くて、つい大声を出してしまった。うずくまっているのは子どものようだった。近づいてよく見ると、ぼろぼろの服を着た男の子だった。年は八歳くらいだった。でも、子どもの歳《とし》は正確にはつかめない。もしかすると、十二、三歳くらいかも知れない。

「こんなところでいったい、何をしているんだ！　眠ったら風邪《かぜ》を引いてしまうぞ。」

ピノッキオがそう言うと、少年は気だるそうに、腕囲いをした中から、のっそりと顔を上げた。眠ってはいなかった。眠るには少し寒い陽気だった。少年の唇《くちびる》からはカチカチとふるえて鳴る歯の音がした。ピノッキオは少年の頭に手を当てた。燃えるように熱かった。これはいけない、ピノッキオは急いで自分の上着を少年の背中にかけた。それから、事情はよくわからないが、とにかく暖かい火にあたらせようと少年を背負い、宿まで連れていった。


宿で暖かい火にあたらせ、食べ物を食べさせると、少年は少し元気になった。だが、熱があるので宿の主人に医者を呼んでもらった。医者は白いひげを生やした年寄りだった。熱心に様子を見、それから、風邪《かぜ》によく効く薬をくれた。ピノッキオがそれを飲ませると、少年は昏々《こんこん》と眠り続けた。時々、うわごとを言った。「肺病」「包丁でのどを突き刺す」など、容易ならないことを口走った。


明け方、空が白みがかってきたとき、少年は目覚めた。きょろきょろと辺りを見回し、急におびえた目つきになった。

「だいじょうぶ、こわがらなくてもいいよ。これから朝ごはんにしよう。ああ、その前に熱をみてみよう。」

ピノッキオが少年の頭に手をやると、昨日の熱はウソのように退《ひ》いていた。

「ありがたい！　お医者さんのくれた薬が効いたのだ。よかった、よかった！」

そう言ってピノッキオは、朝ごはんの用意を宿の主人に頼みに行った。少年は熱が下がってうれしかったが、ちょっと困ったことになったと思った。ぼくを助けてくれた人は善い人なのだろうか、それとも悪い人なのだろうか、あんなにやさしくしてくれるけれど、前もそうだったけれど、やさしくしてくれた後でぼくを旅芸人の親方に売ったりするのではないだろうか、もしそうだとすれば今すぐにでもここから逃げ出さなくてはならない、少年はそう考えた。

しかし、そのうちピノッキオは部屋に戻ってきた。少年はピノッキオの横顔をじっと見ながら、観察した。

「ねえ君、きのう、寝ているとき、うわごとを言ってたけど、どういうことか教えてくれない？」

少年は一瞬《いっしゅん》、びくっと身構えた。だが、自分がどんなことを言ったのか知りたくもあった。

「どんなことを言ってた？」

「肺病とか、包丁でのどを突き刺すとか、言ってたよ。」

「そんなこと言わないよ。おじさん、ウソをついているんだ。」

おじさん、と言われてピノッキオは一瞬、ドキッとした。ぼくはまだ、おじさんと呼ばれるほど年をとっていないよ、そう抗議したい気持ちだった。しかし、この少年より年上であるのは間違いないので、おじさんと呼ばれてもしかたがないだろうとあきらめた。

「ウソだったらいいよ。おじさんの耳が変だったのかもしれないからね。」

ピノッキオはそれ以上、追求しないことにした。少年は黙っていた。

「ところで君、これから、どうする?」

少年は答えなかった。

「もし君がいやでなかったら、ここにいてもいいよ。おじさんはこれから、ある人を探しに出かけなくてはならないから、君といっしょにはいられないけど、君はぼくが戻ってくるまでここにいていいよ。宿の主人には話しておくから。食事は宿の人に話しておくから食堂に行けばいつでも食べられるよ。君は熱が下がったけれど、体が未《いま》だ十分に回復していないから、外に出るのはやめたほうがいい。」

ピノッキオはそう言った。だが、少年は黙ったままだった。それからピノッキオは少年の手を引いて宿の食堂へ行った。少年はピノッキオの手を振り払い、逃げようと思った。強く握られているわけでもないので、逃げようと思えば容易に逃げられる気がした。しかし少年にはなぜか、その手が離しにくく感じられた。何ともいえない温かいものが手から伝わってきたからである。逃げようとする心がある一方、こんな温かい手にずっと守られていたい、そういう反対の気持ちが少年に湧き上がってきた。だが、この人は善い人なのだろうか、それとも悪い人なのだろうか、少年には未《いま》だ判断できなかった。

食堂に着いて、ピノッキオは少年の手を離した。その瞬間《しゅんかん》、少年は逃げようとする心よりも、食卓に並べられた豊かな食べ物に心を奪われてしまった。少年は椅子《いす》に腰掛けると、「いただきます。」の言葉も忘れて食べ物にむしゃぶりついた。

食事が終わり、ピノッキオは少年を部屋に送り届け、寝台に寝かしつけた。

それから宿の主人に少年のことを頼み、外出した。

さてそれから、ピノッキオは町のあちこちを歩いてルアン・ミンを探した。だが、探しても探しても、わずかな手がかりさえ見つからなかった。ピノッキオは疲れ果てて宿に帰った。

「ただいま。」

部屋の戸を開けると、少年は相変わらず寝台の中にいた。今朝見たときより、ずっと元気な顔をしている。

「探している人、見つかりました?」

これまでとは打って変わった、ていねいな言葉遣いにピノッキオは驚いた。

「いや、見つからなかった。」

ピノッキオは首を振って、そう答えた。

「元気出してください。明日はぼくもいっしょに探します。」

「ありがとう。」

ピノッキオは少年からの意外な言葉を聞いてうれしかった。

「元気そうだね。お昼はちゃんと食べたかい？」

「いただきました。おなかが苦しくなるくらいいっぱい食べました。」

「それはよかった。」

「ぼく、三日も食べてなかったんです。」

「何も？」

「そうです。何も食べませんでした。」

「どうしてまた、そんなふうに？」

「旅芸人の親方に追い出されたんです。」

「それで、あの洞穴《どうけつ》のところにいたんだね？」

「はい、そうです。親方はぼくに芸を仕込むんですが、呑《の》み込《こ》みが悪いといってぶったり蹴ったりするんです。食事をもらえなかったこともあります。そして、ぼくはついにある大きな失敗をしてしまったのです。」

「それは、どういう失敗？」

「ちょっと一言では言えません。後でゆっくり話します。」

ピノッキオは少年の言った「大きな失敗」という言葉が気になったが、それ以上深く追求しなかった。

「ともかく、旅芸人の親方のところを出てきて、あそこにいたんだね。」

「そうです。」

ピノッキオはもし自分が旅芸人の一座に入っていたらどうなっただろうと考えた。いろんな曲芸を仕込まれて一座の花形役者になっていただろうか？　それともこの少年のように呑《の》み込《こ》みが悪いといって叱《しか》られたり食事を取り上げられたりしただろうか？　それとも怪我《けが》をして役立たずの身となり一座から追放されたりしただろうか？

ピノッキオは少年の身の上が知りたくなり、次のように言った。

「君はどうして、旅芸人の仲間に入ったの？」

「好きで入ったのではありません。無理やり入れられたのです。」

「というと？」

「話せば長くなります。ぼくの生い立ちを話してもいいですか？」

「ぜひ話してください。」

それから少年は、ぽつりぽつりと話し始めた。

「ぼくの生まれたのは南京《ナンキン》です。この国はご存じのように城壁に守られている城内と、その外の城外に分かれますが、ぼくの生まれたのは城内で比較的《ひかくてき》大きな家でした。父は絵描きですが、この家に養子に来たのです。というのは、ぼくの家は代々、絵描きの家で祖父も絵描きでした。跡を継ぐものがいなかったので父が継いだのです。父は馭者《ぎょしゃ》の息子でしたが、祖父に絵の才能を見出されてぼくの母と結婚したのです。」

「ちょっと待って！　君、今いくつ？」

「十一歳です。もうすぐ十二になります。」

「ああ、びっくりした！　あまり背が低いし、やせているからてっきり八歳くらいかなって思ったんだけど……。ごめんね、変なこと言って。」

「いえ、いいんです。みんなから、そう言われますから。」

少年はそう言って微笑《ほほえ》んだ。ピノッキオは少年が見た目より実にしっかり話をするので驚いた。

「ぼくの母は絵も描きましたが、それよりお菓子を作るのが好きでその修業をしていました。祖父は自分が見つけた青年を家に来させて絵を教えてやりました。青年と娘はやがて言葉を交わすようになり二年ほどして結婚しました。そして、女の子と男の子が生まれました。女の子はぼくの姉蘇秦青《しんせい》で男の子はぼく蘇紫金《しきん》です。」

「ほう、君の名前は蘇紫金というんだ。」

「はい、そうです。自己紹介が遅れてすみません。南京《ナンキン》の東北に山があります。鐘山《しょうざん》というのが正しい呼び名ですが、山によく紫の雲が立つというので紫金山《しきんざん》ともいいます。ぼくの名はそこから付けられたのだと祖父が言っていました。

また、姉の名は南京《ナンキン》の町中を流れている河、秦淮《しんわい》から名付けられました。それも祖父から聞きました。」

「南京というところは山があったり川があったり何だか景色の好《よ》いところのようですね。いつか行ってみたいなあ。」

「好いところです。ぜひ行きましょう。案内しますから。でも、南京には父も母もいません。そして姉も。」

「えっ！　それはどうしてですか？」

「死んでしまったのです。生きているのは祖父だけです。」

「死んだ？　なぜ？」

「父は包丁でのどを突いて死にました。母は気が狂って首を吊《つ》って死にました。姉は肺病で死にました。」

「なぜ？　どうしてそんなことになったのですか？」

ピノッキオは少年がかつてうわごとで言っていたことを思い出した。それにしても、この少年にいったい、どんな不幸が襲《おそ》いかかったのだろうか、ピノッキオは自分もその不幸の暗がりに入っていく覚悟《かくご》をして少年の話に耳を澄ませた。

「ぼくの父はある金持ちから絵を頼まれ、それを仕上げて持っていきました。するとその金持ちはこれは対象を歪《ゆが》めたりからかったりする、とんでもない絵だと言いがかりをつけたのです。父はその人を忠実に描きました。その人は異様に肥え太っていました。乱れた生活、暴飲、美食の限りを尽くした果ての姿でした。しかし、その人はぼくの父を責めただけでは満足せず裁判所に訴え、父を牢屋《ろうや》に入れてしまったのです。」

「あなたのお父さんが描いた絵は、ぼくの国の言葉でいえば、カリカチュラ（caricatura）ですね。あなたのお父さんは意識的にそういう絵を描いたのでしょうか？」

「詳しいことはわかりません。祖父の話では父はその頃、風刺的な絵や戯画《ぎが》に興味があり、そのような絵を描いていたそうです。もしかしたら、その興味がつい、出てしまったのかもしれません。」

「ところで、その後、あなたがたはどうなったのですか？」

「母は父のことをさんざん、ののしりました。『あの人は馬鹿《ばか》だ、金持ちの気に入るような絵を描いてやればよかったのに。実際はどうであれ、肖像画というものは本人が満足するように描いてやるのが当たり前なのに。』母はそういって父の悪口を言い、父の絵を全部焼いてしまいました。」

「おやおや、それは大変なことをしましたね。お母さまは絵のことがわかるのですか？」

「はい、少しはわかるようでした。何しろ、代々続いた絵描きの家に生まれたのですから。でも、母は自分からあまり絵を描きたがらなかったし、祖父の話によれば、母は絵や絵描きというものを嫌っていたようです。母が好きだったのは料理や菓子作りで、それに何といっても大好きだったのはお金です。」

「お金？　お金が好きなんですか？」

「はい、ぼくの母はお金が大好きでした。でも、その割には家の中は貧乏《びんぼう》でした。だいたいおわかりいただけるかと思いますが、絵描きという職業はそれほど収入がありません。ですから、母は幼い時から絵描き以外のことをやろうと思ったようです。」

「なるほど。」

「姉から聞いた話ですが、ぼくがずっと小さい時、こんなことがありました。父はある金持ち（その家は衣服屋を営み、土地をたくさんの人に貸していました）から頼まれ、その家の息子《むすこ》の絵を描くことになりました。その息子はモデルとしてとてもよいものであったし、何度かその家に通ううちに父はその息子と意気投合してしまいました。その息子は当時十二歳くらいで、しかも、すばらしい馬を持っていました。父はこの馬にも興味を持ち、何度か写生したようです。ところが、ある日、この息子は一人で馬に乗り野を走らせていたとき、つい、うっかりして落馬しました。腰の骨を折り、頭をしたたか地面に打ち付けました。息子は医者の治療を受けましたが、七日ほどで死んでしまいました。

父はこの不幸をたいそう嘆き悲しみました。まるで自分の息子が死んだように感じたようです。それで、絵どころのことではなくなってしまったのですが、父は少年の亡《な》くなった一年後に絵を完成して届けました。衣服屋の主人を始め、みんなが喜んでくれて、父に感謝しました。

絵を届けて三日後、衣服屋の番頭がぼくの家に来ました。そして、主人からのていねいな感謝の手紙と謝礼金を父に渡しました。父はその場で手紙を読み、また、謝礼金の包みを開けました。そこにはぼくたちの家族が悠々三年間暮らしていけるお金が入っていました。父は番頭に、こう言いました。

『私にはこの手紙だけで充分です。お金はお返しいたします。』

番頭は困ったような、また、けげんな顔で、こう言いました。

『妙なお人だね。わずかのお金ではないから、そりゃびっくりしたと思われるが、ご主人様の格別の思《おぼ》し召《め》しだ。亡くなられた坊っちゃんのご供養《くよう》の意味もある。遠慮なく受け取っておかれよ。』

『本当にお気持ちはありがたいのですが、お金は受け取れません。自分の心にすまなくなりますから。』

番頭はこの男はのどから手が出そうに欲しいのだが意地を張っているのだと思って、さらに『遠慮は無用だよ。』と繰《く》り返《かえ》しました。しかし、父はどうしてもお金を受け取ろうとしませんでした。番頭はついに、あきらめて衣服屋に帰っていきました。母はこの一部始終を物のかげから見ていて、ずいぶん歯がゆい気がしたようです。

『飛びだしていきたかったよ。どうして、あんなことを言ったんだ!』

母は激しい剣幕で父に食ってかかりました。しかし、父はそれに応じず、自分の部屋にこもりました。

数日後、また、あの番頭がやってきました。

『お金が要らないのなら、あなたの欲しいものを何でも言ってくれ、とご主人様はそうおっしゃった。食べ物、衣服、山、畑、田その他何でも望みのものを言ってほしいとのことだ。』

『お気持ちはありがたいのですが、私は何も要りません。望みのものなどありません。』

『困ったお人だ。ご親切に言ってくださるご主人様のお顔も立ててもらわないと使いに来た私まで誠意がなかったのだろうと咎められるのですぞ。』

『それはお気の毒ですが私にはどうにもこうにも申し上げられません。どうかご主人様にはよろしくお伝えください、私にはもうこれ以上のお心遣いはしてくださらないようにと。お心遣いをしていただくと私の気持ちが苦しくなります。』

『それでは、せめて絵の代金は受け取ってくれるでしょうね。』

番頭はそう言って、用意していた金の包みを差し出した。

『いえ、受け取れません。』

『どうして？』

『私は坊っちゃんの絵を描かせてもらいましたが、それ以上にたくさんの絵の勉強をさせてもらいました。』

『はて？　よくわかりませんな。あなたはうちの坊っちゃんの絵を描いたんでしょう？　まさか、それをさぼって絵の勉強をしていたというのでは？』

『はい、そんなことはありません。私は一生懸命、坊っちゃんの絵を描きました。ですが、その絵を描く中でいろいろと自分の絵の修練ができたのです。ですから、坊っちゃんにはずいぶん感謝しています。坊っちゃんは私に絵の深い修練をさせるために現れた人のように思えるのです。』

『まあ、絵の詳しいことはよくわかりませんが、だいたいあなたの気持ちはわかりました。ご主人様に話してみましょう。』

番頭はそう言って帰っていきました。母は父が二度も金銭の受け取りを拒否したことに腹を立てました。

『本当にあんたという人は困ったものだ。二度もくださるというお金を突っ返すんだもの。よほどのお大尽《だいじん》でなければできないことだよ。』

そう皮肉を言いました。それから母は好きな菓子作りをやめ、『あんたという人には愛想が尽きた。もう、どうでもするがいい。』と言って、食事の用意をしないまま、ぷいっとどこか友だちのところへ行ってしまいました。姉はそんなふうにして母を怒らせた父を怨《うら》みながら、ご飯の用意をしました。」

「そんなことがあったのですか！　ところで、それはお父さんがまだ牢屋《ろうや》に入る前のことですね？」

「はい、そうです。父はそういうわけでお金にはあまり関心のない人でした。いくらかまとまった金が入ると苦しんでいる友人にあげたり、お寺の中の孤児院に寄付したりしてしまうのです。母はそういう父が大嫌いで、そのたびに憤激の発作を起こし、物などを投げつけたり、父の絵を破いたりしました。父が牢屋に入れられたとき、母は父の絵をたくさん捨てました。」

「それは惜しいことをしましたね。」

「ところで、絵に興味がありますか？」

「はい、あります。」

「そうですか。もしかしたら祖父が何枚か保存しているかもしれません。祖父にきいてみましょうか？」

「見せてもらえれば、うれしいのですが……。」

「わかりました。いつか、きっとご案内しましょう。」

「ところで、お父様が牢屋に入れられてから、あなたがたはどうなったのですか？」

「母は先刻お話ししたように、家を留守にすることが多くなり、一月《ひとつき》に一度帰ってくるくらいでした。友だちのところに住み込んで衣服作りを手伝っていました。祖父はぼくたちといっしょに家にいました。時々頼まれて絵を描いたり、木の細工物をこしらえたりしていました。姉は母の代わりに食事など家事を中心的にやってくれました。ぼくももちろん手伝って、食事の後片付けや掃除《そうじ》をしました。

父や母がいなくなった割には、みんなが力を合わせてがんばったので、外から見たよりもずっと元気で明るい家庭だったのです。しかし、しばらくして、姉が病気になりました。働きすぎなのと、当時流行《はやり》のたちの悪い風邪《かぜ》にやられたのです。姉は寝込む日が多くなりました。そして、顔色は青ざめ体は痩《や》せ細《ほそ》っていきました。栄養のある食べ物を食べさせることもできず、また、よい医者に診《み》てもらうこともできませんでした。祖父がやっと収入を得て、よい医者に姉を診察してもらいましたが、その時はもう手遅れでした。肺病で、もうこんな状態になっては助からないと医者は言いました。姉はひどい咳《せき》をし、たんをのどにつまらせ、苦しみに苦しみを重ねた末、亡《な》くなりました。ぼくは今でも、姉の苦しんでいる姿を時々、夢に見ます。

しばらくして、父が許されて牢屋《ろうや》から出てきました。父は姉の死んだのを知り、びっくりしました。そして、その夜、包丁でのどを突き刺して自害しました。父がなぜ自害したのかよくわかりませんが、祖父の話ではたぶん父は自分が意地を張って、そのため姉を始めみんなに苦労をかけたことをすまないと思ったからだろうということです。

母はそれから家に戻ってきましたが、元気がなくうつろな目をしていました。時々変なことを口走るのです。死んだ姉の名を呼んで泣いているかと思うと、今度は父の名を呼んで激しくののしるのです。しかし、また、調子が変わり、今度は『あなた（たぶん、父を指すのでしょう）のことをよくわかってあげなくて私は悪い女でした。』と言ってさめざめと涙をこぼすのです。

そして、ある日、母はぼくを枕元《まくらもと》に呼びました。『孔子《こうし》さまの論語を読んでおくれ。』と言うのです。変なことを言うものだと思いましたが、言われたとおりに書棚から論語を探して持っていきました。

『どこを読むんですか？』

ぼくが訊《き》きました。

『その前に、お前は論語をどのくらい読みましたか？』

母はそう尋ねました。

『十遍《ぺん》です。』

『それはえらいですね。でも、論語を理解するにはそれでは少ないですよ。昔の人は、読書百遍義自《おのずか》ら見《あら》わると言いました。百遍読みなさい。』

『わかりました、そうします。ところで、どこを読みますか？』

『季氏編のあそこ、庭の訓《おしえ》のところです。』

『はい、わかりました。』

ぼくはその部分を音読しました。

『……かつて独り立てり。鯉趨《りはし》りて庭を過ぐ。曰《のたま》わく、詩を学びたりや。対《こた》えて曰《い》わく、未《いま》だし。詩を学ばずんば、以て言うこと無し。鯉退《の》きて詩を学ぶ。……』

母は眼をつむり静かにそれを聴いていました。時々ぼくが読み違えると、母はそれを直しました。そして、ぼくが全部読み終えると、母はすやすやと眠りました。その数日後、まだ夜が明けない頃、眠っていたぼくはいきなり、祖父に起こされました。

『大変なことになった！　気持ちをしっかりしてついてきなさい。』

いきなり、そう言うのです。何事が起こったのかと、ぼくは寝足りない目をこすりながら祖父の後についていきました。そこは町はずれの雑木林でした。ちょうど秋の初めで、キノコがたくさん、かわいい頭を出していました。ぼくは足元の松葉を踏みしめてぐんぐん林の奥へ入っていきました。林続きに墓地がありました。うちの墓もそこにあります。前を歩いていた祖父がぴたりと足を止めました。そして右手を高く上げて、あれを見ろといわんばかりに振り向きました。ぼくは恐る恐る、指し示された一点を木々の梢《こずえ》の間から見上げました。何と、そこには白い装束とその間から二本の人間の足があったのです。ぼくは恐さのあまり、腰が抜けそうになりました。いったい誰が、こんなところで首吊《くびつ》りを！　不安がさっと走りました。

『母さんだよ、早まったことをしてくれた！』

　そう言って祖父は下を向きぶるぶると肩を震わせました。悲しみと無念さをじっとこらえているようでした。少し気が狂っていたとはいえ、昨日の母はとても元気だった。それがどうして、こんなふうになったのか、ぼくはふしぎでなりませんでした。

　後で祖父から聞いたのですが、祖父は前々から母の様子が変なのに気づいていて、それとなく注意していたようです。真夜中、みんなが寝静まった頃、よく出歩いていたとのことです。首吊りのあった日も、祖父は注意していたのですが、少し横になって眠った隙《すき》に、母は外出し、あの雑木林のところへ行ったのです。祖父は家の中に母がいないのに気づいて後を追って探しに出ました。しかし、もうその時、母はあの雑木林で首を吊る準備をしていたのです。祖父が駆けつけたとき、母は決行した後でした。

　母の葬儀が終わり、遺骸《いがい》は父や姉と同じ墓地の中に埋葬されました。さて、それからぼくは町の中で親切そうなおじさんに会いました。その人は初め、ぼくに道を聞いてきたのですが、途中から『いいところへ連れていってあげようか。』とやさしい声で言うのです。

『いいところって、どこですか?』と尋ねると、『楽しい、楽しい曲芸の国だよ。』と言うのです。

『曲芸は見るのは好きですが、ぼくは曲芸などできません。』そう言うと『もちろん、やらなくていいんだよ。ご飯も食べさせてあげるし、お給金もあげる。』と言いました。

『ぼくは曲芸などできませんよ。それでもいいんですか?』と訊《き》きました。

その人は『だいじょうぶ。もし、やれと言われてもそんなに難しくないから、誰にでもできるんです。』と言いました。

『それじゃあ、よく考えてから明日返事をします。祖父に言わないと心配しますから。』

『だめです、今すぐでないと。一座の車は後わずかで出発するんです。それに、おじいさんには後でゆっくり知らせたらいいでしょう。』

ぼくは迷いました。いくら何でも祖父に相談しないで出かけるなんて絶対にしたくありません。でも、この男の甘い言葉に乗せられて、しだいに祖父のことを忘れていきました。そして、気づいたときには自分からもう馬車に乗っていたのです。

この男は太っていて赤ら顔をしていました。丸い顔は脂ぎっていて、ニキビのようなぶつぶつがあちこちから吹き出ていました。馬車は町のあちこちで停車しました。そして、そのつど、ぼくのような子どもを次々に乗せました。どの子どももみんなうれしそうにはしゃいでいました。これから行くところは、とても楽しくて、毎日遊び暮らしていける、そんなところだと思っていました。ぼくはある子どもに尋ねました。

『君はこれから行くところを知っているのかい？』

『ああ、知ってるよ。君は知らないの？』

『いくらかは知ってるよ。サーカスのような曲芸をするところだろ。』

『それは後に行くところだよ。ぼくらは最初におとぎの国に行くんだよ。』

『それは知らなかった。本当なの？』

『もちろん、本当さ。そう、おとぎの国！　ああ、早く見てみたいなあ！』

その子は夢見るようなうっとりとしたまなざしで、そう言いました。この子の話を聞いてぼくも楽しくなりました。そうか、おとぎの国か！　楽しそうだな、ぼくの心はうきうきとはずんできました。これまで悲しいことやつらいことが多かったもの、今度ばかりは神様がぼくに幸せをくださるのだ、そう思ってうれしくなりました。誰かが馬車の中で陽気な歌を歌い始めました。ぼくが話しかけた子も大きな口をあけて歌っています。ぼくもいっしょになって元気に歌を歌いました。

やがて、馬車は止まりました。

『さあ、みんな降りて。』

あぶら顔の男が言いました。男は何やら別の男と交渉しているようでした。ぼくたちの前に別の男がやってきました。その人はのっぽで長い黒ひげを生やしていました。黒ひげ男が言いました。

『お前たち、これから一仕事してもらおう。』

ある子どもが言いました。

『おとぎの国はどこですか?』

黒ひげ男は薄笑いを浮かべて言いました。

『馬鹿者《ばかもの》め! そんなものがあるものか。』

『えっ! そんなはずはないでしょう。ぼくたちは楽しく遊んで暮らせるおとぎの国へ連れてってあげると言われてやってきたんですよ。』

ぼくと話をした子が言いました。

『ここは旅芸人の合宿場だ。お前たちもいずれは旅芸人になるんだ。だが、ここへ来た早々、芸は教えない。まずは水汲《く》み、食事つくり、それに部屋の掃除《そうじ》だ。』

『それじゃ、話が違うじゃありませんか』

そう言って文句を言う子どももいました。かと思えば、めそめそと泣き出す子どももいます。ぼくはあぶら顔の男に確かめようとして、馬車を探しました。すると、馬車が猛スピードで出るところでした。

『おじさん、待って！　確かめたいことがあるんだ。』

しかし、馬車は逃げるようにして去っていきました。あのおじさんは曲芸の一座の人なんかではなかったのだ、ただの人買い、人さらいだったのだとこの時、気づいたのです。

旅芸人の合宿場での話は、いろいろとおもしろい話もありますが、それを話していたのではとても時間が足りませんから、省くことにします。ともかく、ぼくたちはここでいろんな仕事をやらせられ、半年くらいたってから、少しずつ芸を教えられました。あるものは水芸、あるものは玉乗り、あるものは猛獣使い、あるものは道化と様々でした。ぼくは初め水芸をやらされました。でも、呑《の》み込《こ》みが悪いのと、手先が不器用で、教えられたとおりにすることができませんでした。親方はかんしゃくを起こし、ぼくをぶったり蹴ったりしました。うまくできたときは食事がもらえましたが、うまくできないときは食事ぬきでした。そのうち、親方に呼ばれ、水芸はやらなくていい、馬を使って行う曲芸をやれと言われました。それからは毎日、馬を使って行う曲芸の練習をさせられました。小さな子馬が火の燃えさかる輪を飛んでくぐるのです。なかなか子馬が言うことを聞かず、困りました。顔はかわいいのですが、心はとても生意気で、ぼくの言うことを聞きません。あるときは、うっかりしていて後ろ足で蹴飛ばされました。

その半年後、ぼくたちは上海《シャンハイ》の町でテントを張り、お客さんを呼びました。ぼくの出番になり、意気揚々と舞台に立ちました。お客さんはたくさん入っていました。子馬は前よりもずいぶんおとなしくなり、ぼくの言うことをよく聞きました。しかし、どういうわけか、その日、お客さんの中に妙なものを見つけ、気を高ぶらせてしまったのです。演技中はそのことに気づかなかったのですが、後でそれを知りました。

子馬は客席に昔の友だちを見つけたのです。友だちとは、何と一匹の三毛猫《みけねこ》でした。子馬はその昔、ある領主の家に飼われていました。その時、この三毛猫と友だちになりました。三毛猫は領主の隣の酒屋に飼われていました。三毛はあるとき、乱暴者の犬たちに囲まれてやっつけられそうになりました。それを追い払って助けたのがこの子馬でした。子馬と三毛はこれを機に親しくなったのです。しかし、ある時、子馬は領主の子どもがあまりにもわがままを言うので、後ろ足で子どもの腕を弱く蹴りました。子どもの怪我《けが》はたいしたことはなかったのですが、領主はそんな生意気な馬はいらないと腹を立て、家から馬を追い出しました。それを拾ったのがこの一座の親方でした。

子馬は客席に昔の友だちを見つけて興奮しました。いっぽう、三毛は酒屋の末娘のひざの上に乗って昔の友だちの姿を見たのです。三毛も興奮したかもしれませんが、それ以上に興奮したのは子馬です。彼は火の燃えさかる輪を五回くぐりぬけると、観客の拍手や声援もそこそこに聞き流し、いきなり客席に跳び込んだのです。そして、三毛目指して一散に駆け出しました。この予期せぬ騒動にみな、びっくりしてしまいました。ぼくはあわてて客席に降り、子馬の後を追いかけました。客席も楽屋も大混乱です。これでは曲芸も台無しです。中止せざるを得ません。親方は舞台に出て皆さんにお詫《わ》びの言葉を述べ深々と頭を下げました。その後、ぼくは親方に呼ばれ、『もういらない。ここから出て行け！』と宣告されました。

行く当てのないぼくは洞穴《どうけつ》の片隅に居を定め、そこで寝たり起きたりしていました。お金もなく食べ物もないので体は弱っていくばかりでした。それでもまだ体に力が残っている時は、あちこちを歩き、残飯集めをしましたが、ある寒い夜、急に風邪《かぜ》を引いてしまってからは、どこへも出かけられなくなりました。あなたに会ったのは、ちょうどそんな時でした。」

蘇紫金《しきん》は長い話を語り終え、ふうっと一息ついた。

第8章　南京《ナンキン》の町と村

ピノッキオが少年と出会って、ようやく親しくなりかけた頃、ウェイから手紙が来た。ピノッキオはウェイの手紙を読んだ。

お手紙ありがとう。ミンさんがまだ見つからなくて蕪湖《ウーフー》にしばらく滞在するということなので手紙を書きました。あなたが旅亭を出た後にこの手紙が着くことのないようにと急いで筆をとりました。

あなたは寧波《ニンポー》を出て杭州《ハンジョウ》の町に入り、そこを出てから初めは西方の山（黄山）に向かわれたようですが、その後、屯溪《トウンシー》に着いたようですね。それから、屯溪を北上し蕪湖に到着したみたいですね。蕪湖では旅芸人の一座から追い出された少年と出会ったそうですね。私の見るところ、この少年は確かに生い立ちにおいて家庭的不幸を背負っていますが、少し自分自身に甘いところがあるように見えますが、どうでしょうか？　もちろん、まだ十一歳ですから多少、甘いところがあっても仕方がないのかもしれませんが、旅芸人の親方から追い出されたのはかわいそうですが少年にもそれなりの難点があるように思いました。その少年と同期に一座に入れられた他の子どもたちはどうしているのか知りたいものです。それでも、この少年は病気で、しかも、食事をとっていなかったから、あなたが声をかけなかったら、おそらく死んでいたでしょう。一人の少年を救ったのは、間違いなく良いことだったと思います。

ところで、あれから私は昔の友だちに会いました。酒場にいっしょに勤めていた人で、名を李花鈴《りかれい》といいます。李さんの話では、ミンさんは南京《ナンキン》にいるそうです。あなたの手紙には、澄華《チャンファ》さんの話としてミンさんは豚の料理人になっているのではとありましたが、有り得ることです。そういえばミンさんは時々私に豚のことを話していたし、料理のことも話していました。

これから、あなたはどうしますか？　もし南京に行くのであれば、李さんから聞いたことを伝えておきましょう。ミンさんは南京の町の中でなくずっと離れた山の麓《ふもと》に住んでいるようです。それから、ミンさんをよく知っている青年、名前を張坤正《ちょうこんせい》といいますが、その方がミンさんの住まいまで案内してくれるそうです。清涼山の寺の前に一軒の薬屋があるそうですが、それが張さんのお店です。

最後になりましたが、私の近況をお伝えします。惟仲《ウェイシェン》先生のご紹介で朱友《しゅゆう》石《せき》先生から小説を教わっています。朱先生は六十歳を過ぎた小説家で、とてもすぐれた方です。二週間に一回、先生の山荘を訪ねご指導を受けています。厳しいことを言われ、いつもへこたれそうになりますが、何とか一つ、いい作品を書きたいと思うので頑張っています。

いろんなことを書きましたが、あなたからのお便りがうれしくてつい長くなりました。

ピノッキオはウェイからの手紙をしばらく読んでいた。それから、蘇少年を呼ぶと南京《ナンキン》に向けて出発した。

南京に着くと、まず清涼山を探した。この辺はにぎやかな所で、あちこちに家が立ち並び店も多かった。そばに河が流れている。秦淮河《しんわいが》である。船が行き来している。ピノッキオは古里のヴェネツィアを思い出した。しかし、思い出にふけるいとまもなく張さんの薬屋を探した。

薬屋はほどなく見つかった。漢方薬を売っている店だ。

「ごめんください。」と言って店に入ると、奥からがっしりとした体格の男の人が出てきた。三十五、六歳といったところだ。

「何をご用意いたしましょうか？」

「いえ、あの、薬はいらないんです。」

「えっ？」

男の人はけげんな目をした。

「ぼくはルアン・ミンさんを訪ねてやってきました。」

「ルアン・ミン！　ミンとどういうご関係ですか？」

「ぼくの知り合いのヤン・ウェイがミンさんの友だちです。ウェイはミンさんと同じ職場で働いていました。ウェイもミンさんもその職場をやめました。ウェイは届けたいものがあってそれをぼくに渡しました。ぼくはそれを持ってミンさんに会いに来たのです。」

「よくわかりました。それではこれからご案内いたしましょう。ただ、しばらく時間をください。準備しますから。」

ピノッキオと蘇少年は薬屋の店先で三十分ほど待った
やがて張さんは現れた。背中にリュックのような袋を背負っている。

「南京《ナンキン》は初めてですか？」

「はい、初めてです。」

「それでは町を案内しましょう。」

「いえ、それよりもミンさんの所へ……。」

「だいじょうぶですよ。ミンは逃げませんから。」

そう言って張さんはアハハと大口を開けて笑った。つられてピノッキオと蘇少年も笑った。

「南京《ナンキン》は歴史のある古い町です。何度も来られないでしょうから、悔いの残らないように見ていってください。」

そう言って張さんは先頭に立ってずんずん歩いていった。最初に行ったのは朝天宮《ちょうてんきゅう》である。

欽天山《きんてんざん》という山がある。ここには北極閣《かく》という建物があり、天文を観測しているようだ。そこから北に向かうと鶏鳴山《けいめいざん》があり、その麓《ふもと》に鶏鳴寺がある。ここには施食台があり貧窮の人々には食物が施される。また、それは亡《な》くなった霊（餓鬼）に食物を施し霊を済度《さいど》するためのものであった。鶏鳴山のふもとには臙脂井《えんじせい》（別名、辱井《じょくせい》）と呼ばれる井戸がある。昔、陳《ちん》という国の皇帝が隋《ずい》の軍に攻められたとき、愛する女二人とこの井戸に身を隠したという。臙脂とは黒みを帯びた濃《こ》い紅色のことで、この井戸を絹布で拭《ぬぐ》ったら臙脂のあとがついたという。殺害された皇帝とその愛妾《あいしょう》の血の色であったのかもしれない。

鶏鳴寺の後ろが城壁で、うねうねと曲がりながら続いている。城壁の上にのぼってみた。実によい眺めで、城壁のすぐ脚元から玄武湖《げんぶこ》が鏡を開いたように広がる。湖の中には島が三つほどある。広い湖ではないが、自然の配置がとてもよくできている。湖の右手に高い山がある。紫金山《しきんざん》らしい。少し紫がかった色合いで気高い姿である。この山の裾《すそ》が遠く左のほうに延び、また、城壁も左にうねうねと続いている。城壁の果てと山の果てとが結びつくようでいて、なかなか一つにならない。この二つの果てがどうなっているのかよくわからない。

ふと、ピノッキオは自分のこれまでとこれからを思い浮かべた。自分のこれまでの道程を思い返すと、欠点や間違い、独断と偏見がたくさんあった。人間としてそれほど成長したとも思えない。今までの自分にほめてやりたいものがあるのかどうかもわからない。しかし、異文化に出会うという多くの体験をした。いろんな人に出会いいろんな文化を吸収した。それは確かに幸いであったが、一方、様々なものに出会い様々なものを吸収したことで自分を確立することが難しく、かつ、不安になった。ピノッキオはぼくは自分から大きな幸福と不幸を仕掛けてきたのかもしれないと考えた。その自らへの仕掛けの結果がどうであったのか今はまだわからない。ただ、これだけははっきりしている。昔も今も、生きること、経験することがおもしろかった。

ピノッキオの口から次の詩句がほとばしった。

A sleeping lake（眠る湖）
Whose cool and level gleam（御身《おんみ》の涼しく、平らかなる光）
A man caught as he was journeying（旅する人はとらえたり）

To sun-god shrine.（日輪の神の祠《ほこら》へ向かうとき）

湖の水面が太陽の光を受けてきらきらと光った。その瞬間《しゅんかん》、城壁の一角がうやうやしくうなずくように見えた。

「それはあなたの国の詩ですか？」

張さんが尋ねた。

「はい、そうです。ぼくが勝手に作ったものですが、できばえはともかく、ぼくの国の詩の形はこんなものです。この風景は、うまく言えませんが、湖の景色と太陽の光が調和して実に素晴らしいですね。**Bravo!**って叫びたくなります。」

「中国にも似た詩があります。湖ではなく森林をうたったものですが、……。」

「それはどんな詩ですか？」

張さんは手提げ袋の中から一枚の紙を取り出し、筆で次のように書いた。

空山不見人（空山《くうざん》、人を見ず）
但聞人語響（但《ただ》、人語《じんご》の響きを聞くのみ）
返景入深林（返景、深林に入り）
復照青苔上（復《また》、照らす青苔《せいたい》の上）

「これはあなたが作ったのですか？」

「いいえ、そうではありません。唐《とう》の時代の詩人王維《おうい》が作りました。」

「この詩にも太陽の光が出てくるのですか？」

「はい、出てきます。返景というのがそれで、これは夕焼けのときの太陽の光のことです。」

「ぼくがとらえたのは夕焼けのときの太陽の光ではありませんが、日が暮れかけたときの景色がやはり詩にふさわしいのでしょうか？」

「そうですね。この湖の景色も日が暮れかけて太陽が地平線というか水平線というか、ともかく、そういう線に近づくと一種、荘厳《そうごん》で神秘的な空気に包まれます。西の空は紫の衣を広げ始めます。紫の衣をまとった太陽の神はその縁《ふち》を黄金色に輝かせつつ、徐々に徐々に湖の神の両腕にもたれかかるようにして休みに入ります。そして、鶏鳴寺《けいめいじ》の鐘が鳴り響いて太陽は沈みます。」

「太陽が沈みかけているときの光は美しいですね。湖から反射する光も美しいし、ともかく、太陽はまだ沈んではいないんです。あっ、そうそう、ぼくの国ではこんなことを言いますよ。昼日中は美しく甘い花びらの中で眠っているニンフ（妖精《ようせい》）たちが夕方になると出てくると。」

「その妖精たちは夜、踊ったり跳ねたりするのですか？」

「いいえ、彼らは極めてしとやかで、控え目なんです。」

「一度会ってみたいな、そんな妖精《ようせい》に！」

「そうですね、ぼくも会ってみたいです。」

二人がそんな会話を交わしているうちに、とつぜん、雲が低くなって風がさわさわと吹いてきた。夕暮れにはまだ間があったが、雨に降られると困るので出発した。

南京《ナンキン》から北東に向かうとちょうど傘を開いたような恰好《かっこう》で三つの峰《みね》がある。東の峰は龍山《りゅうざん》といい、西の峰は虎山《こざん》といい、中の峰は鳳翔峰《ほうしょうほう》という。中の峰が最も高く三百メートルくらいである。これら三つの峰を持つ山は棲霞山《せいかざん》と称し、長江に臨んでいる。中の峰の麓《ふもと》に一寺があり、棲霞寺と称す。棲霞寺には五代十国《じっこく》の一つである南唐の時代に作られたという仏塔がある。仏塔の平面は八角形であるが五層を成し、高さは十五メートルくらいである。仏塔には釈迦《しゃか》の遺骨や遺髪が安置されているそうだが、それを確かめた人はいないとのことである。また、仏塔の一番高いところ、すなわち第一層には何かすばらしい彫刻が施されているそうだ。ピノッキオは梯子《はしご》のようなものがあればあそこまで登っていくんだがなあと残念そうに仏塔を見上げた。また、釈迦《しゃか》の遺髪や遺骨を見てみようとして仏塔の中へ入る入り口を探したが、どうしても見つけることができなかった。それからピノッキオは少し歩き出した。五十メートルほど歩くと小高い丘があった。丘の上から棲霞寺の仏塔を見た。やや離れて見る棲霞寺の仏塔は西洋のゴシック建築の塔に似て、天へ天へと伸び上がっていた。それは天界にあこがれる多くの人々の心を表しているようにピノッキオには思われた。棲霞寺《せいかじ》を取り囲むようにしてひとつかみの集落がある。四十人ほどの人が住み、平地の周囲はぐるりと山々が取り囲んでいる。南京の城外も城外、ここは紫金山からも離れた遠くの地である。

ピノッキオらは南京の街中にある玄武湖《げんぶこ》を左側に見やりながら一本の道をひたすら歩き続けた。すると、やがて右側に紫金山が見えてきた。

「あれがぼくの名前のもとになった紫金山です。」

蘇紫金は胸を張って指差した。

「ずいぶん、鬱蒼《うっそう》としているね。」

「樹齢《じゅれい》百年を越す天然杉が何本もあります。」

張さんが答えた。

「村の人々は山の資源に頼っているのですか?」

「これまではそうでした。しかし、今は違います。」

「というと?」

「今は山の資源に頼るだけでなく、山を開墾し田畑を作り野菜や果物を育てています。」

「たくましいですね。」

「でも、困ったことがあります。」

「それは何ですか？」

「人口がどんどん減っていることです。」

「昔はどのくらいでした？」

「三百人近くいました。」

「どうして減ったのですか？」

「役所の政策で村の合併を進めたからです。」

「村の合併を進めると、どうして人口が減るのですか？」

「この村のような、町から離れた山村は、大きな町に吸収合併されると活力を失ってしまうんです。」

「よくわからないんですが……」

「村の人が町に出て行って、もう戻らなくなるんです。」

「それはある意味では仕方がないんではないでしょうか。」

「一つの村として独立していたのが、大きな町に呑《の》み込《こ》まれるんです。この村のように町から遠く離れた土地は不便だし、能率が悪いというので役所の政策から切り捨てられるのです。この村の人は今でも木を一本植えるとき、苗を持って山を歩き良い場所を探し自分の手で植えます。それを町の人は能率が悪いといって笑うんです。」

「町の人はどうするんです?」

「穴掘りの機械を運んできて、まずめぼしいところにどんどん穴を掘ります。そこへ何人かの人が木の苗をどんどん入れていきます。そして別の人々がそれらに土をかけていきます。最後にまた機械を使って水をかけます。」

「町の人のやり方だとたくさんの木を短い時間で植えられますね。」

「そうです。しかし、その植えた後を見てみるとずいぶん乱暴で、植え直しをしなければならないのです。」

「困りましたね。」

「クモは自分の吐き出した糸で丁寧に巣を造ります。トンボや蝶《ちょう》などの獲物《えもの》が巣に飛び込んでばたばたと暴れて、たとえ糸が切れたとしても巣全体は壊れないように造ってあるそうです。」

「ああ、そうですか!」

「作物を育てるのも同じことで、はやく育てられなくてもいいんです。時間をかけて丁寧に育てることです。」

ピノッキオは張さんの話を聞き、この小さな村の人は昔はそうやって仕事をしてきたのだろうと思った。しかし今は村が町と合併し昔のそんなやり方が通用しなくなっているのだろうと考えた。

「この村の若者の多くは町へ出て仕事をするようになり、この村に戻らなくなったんです。」

張さんはそう言って、ふうっと溜《た》め息《いき》をついた。

第9章　ミンさんの料理

ピノッキオはやっと、ルアン・ミンと会うことができた。ピノッキオはウェイからあずかった手紙と荷物の包みを渡した。ミンはそれらを大事そうに受け取って、「ありがとう。」と言った。荷物は何なのかよくわからなかった。

「荷物は何でしょう？」

ピノッキオは差し出がましいと思ったが、あえて聞いてみた。ミンはすぐに答えず頸《くび》を伸ばして窓の間からしばらく外を見ていた。それからまたこちらを向いて話し出したが、ミンが口を開いたとき、ピノッキオは彼女の顔に一つの表情を捉《とら》えた。その表情は、彼女が言おうと用意していた言葉を既に断念したことを物語っていた。ミンは小声でこう言った。

「届けてくれてありがとうございました。」

でも、それは心からそう言っているようでなかった。

「迷惑でしたか？」

ピノッキオはあからさまに聞いてみた。

「えっ！」ミンは少し驚いたようだった。しばらく沈黙が続いた。やがてミンが口を開いた。「これは酒場の従業員寮に置いてきたものです。ウェイちゃんにあげたものなんです。」

「いったい、何ですか？」

「縞《しま》の更紗《さらさ》、ビロードのリボン、それに口紅です。」

「口紅？」

「そうです。これで唇《くちびる》を血のようにぬるんです。すると、死んだネズミを食べた後のように真っ赤になります。」

ピノッキオはたとえのおもしろさについ笑ってしまった。ミンもつられて少し笑った。

「ウェイはなぜ、それらのものをぼくに持たせたんですかね？」

「都会暮らしの思い出を忘れるなと言いたいんでしょう。酒場に勤めた、同志としての記念品です。でもね、私は忘れたいわ。」

それから、ミンはピノッキオと紫金少年を歓迎し、食事を作ってくれた。案内役の張さんもお相伴《しょうばん》にあずかることになった。

「さあ、召し上がれ。」といって、出されたのはスープ（すまし汁）のようなものだった。汁の中に浮いている白いものがある。口に入れると、とろけるように柔かい。

「これは何というものですか?」

ピノッキオがたずねた。

「ああ、それは豆腐です。初めてですか?」

張さんが言った。

「豆腐? どこかで食べたことがあるかもしれませんが、こんなふうに細かく切ったものを食べるのは初めてです。それに、こうしていろんな野菜を入れて食べるのは初めてです。」

「そうですか。これは作るのは簡単なんですよ。ごぼう、大根、にんじん、ねぎ、さといもなどを細かく切り、それを油でいためて汁の中に入れればできあがりです。」

「意外に簡単ですね。ぼくもいつか作ってみよう。」

「ぜひ、作ってみてください。」

その次に出てきたのはハムに似た肉料理だ。口に入れると、さっぱりとした味でおいしい。

「これは何の肉ですか?」

「豚のもも肉です。」

「豚ではトンポーロウ(東坡肉)を食べたことがあります。でも、これは初めてです。」

「ちょっとこれを食べてみてください。」

そう言って出してくれたのは、骨付き肉だった。

「これは鶏《にわとり》かアヒルですか？」

「いいえ、豚の足です。」

「えっ！」

豚の足と聞いてピノッキオはびっくりした。しかし、他の二人は澄ました顔をしている。

「豚の足を食べるんですか？」

ピノッキオは豚の足を食べることに、いささかためらいがあった。

「そうです。おいしいですよ。」

そう言って彼らはむしゃむしゃと食べ始めた。ピノッキオも食べてみた。おいしかった。

「おいしいんですね。」

率直にそう言った。

「私たちはむだをしないんです。食べられるものは何でも食べます。それに熊《くま》の掌《てのひら》など、意外なところがおいしいのです。」

「えっ！　熊の掌を食べるんですか？」

「あなたはどうしてまた、そんな妙なものを食べるのかとふしぎに思われるかもしれませんが、味覚の探究心が旺盛なんですね、私たちの国の人々は。誰かが最初に、熊《くま》の掌《てのひら》を食べたのです。そしたら、あまりにもおいしかった。それで、そのことを他の人に伝えた。そして、どんどん、それが広まったのです。」

「でも、熊の掌など、簡単に手に入らないでしょう？」

「それはそうです。だから今では熊の掌は非常に高価な食材です。」

「ぼくはお金持ちでないから熊の掌は食べられないと思います。また、それがどんなにおいしいものかよくわかりませんが、そんなに珍しいものを食べたいとも思いません。」

「私たちも同じです。でも、世の中にはいろんな人がいますから、変わったものの、普通の人が食べないものを食べてみたいと思う人もいるようです。」

「そうでしょうね。ところで、ここ南京《ナンキン》はやはり豚をよく食べるのでしょうか？」

「いえ、ここではアヒル（家鴨《ヤーツ》）が多いですね。」ミンさんが答えた。

「ちょっと、アヒルをどんなふうに料理するのか教えてくれませんか？」

「いいですよ、こちらへどうぞ。」

それから、ピノッキオはアヒルの調理場へ案内された。ミンさんの説明が始まった。

「私たちはここで一日、約二十羽のアヒルを調理します。まず包丁で首を切り血を取ります。この血は固めて料理に使います。首を切ってからは熱湯をかけ、その後、大きな甕《かめ》（六十五度の湯入り）の中に入れ五分間かきまぜます。それから出して毛をむしり、水につけます。水は最初、十分たったら、入れ替えます。次は二十分おいて入れ替えます。最後は六十分おいて入れ替えます。この後、水から出して細い毛を手でむしりとったり小刀でそり落としたりします。次に、羽と足先を包丁で切り取ります。次に、わきの下に穴を開けて内臓を取り出します。穴の直径は八センチ、深さ三センチです。このようにして調理したアヒルをしばらく水につけておきます。皮が白く、肉は赤く、骨が緑になったら、水から上げて水気を切り塩漬けにします。一羽に三百五十グラムの塩をつめて十八時間ねかします。この後、外に出して風を入れ乾かします。」

「ああ、それはアヒルの塩漬《しおづ》け、いわゆる保存食の作り方ですね。」

「そうです。板鴨《バンヤー》と呼ばれるものです。」

「アヒルの料理は他にもありますか？」

「大きな炉《ろ》であぶり焼きにして食べるというのもあります。」

「それは羊の肉を串焼《くしや》きにして食べるのと似ていますね。」

「そうですね。でも、串焼きより規模は大きいですよ。豚の丸焼きに似ているというほうが正確かもしれませんね」

「他にどんな食べ方がありますか？」

「アヒルを蓮の葉で包み、蒸し焼きにするというのもあります。」

聞いているうちにピノッキオは何だか、全部食べたいと思うようになり、唾《だ》液《えき》が次々と出てきて口の中であふれそうになった。食いしん坊のピノッキオなのである。

「先ほど豚の料理の話が出ましたが、ここでは豚の調理はやっていないんですか？」

「はい、残念ですが、ここではやっていません。ここからずいぶん離れた南西の方でやっています。しかし、ここには加工された食品もありますから豚の調理の大体は説明できます。」

そう言ってミンさんは説明を始めた。

「これを見てください。」

ミンさんが指さしたのは逆さ吊《づ》りにされた豚の絵であった。

「豚は屠殺《とさつ》された後、このようにして吊るされます。吊るす前に首の動脈を切りますから、逆さに吊るされると首から血が流れ落ちます。その血が溝にたまって一箇所《かしょ》に集まります。これは固められて料理の材料になります。前にお話ししたアヒルの場合と同じです。その後、豚は熱湯の入った釜《かま》の中に放り込まれます。釜から出た豚は毛をむしりとられます。これもアヒルの場合と同じです。念入りに手や小刀で毛を取ります。さらに、残り毛がないように再び吊るして細い毛を火で焼き取ります。この後、頭を取りはずしたり、内臓を取り出したりします。この後、火腿（ハム）や腊肠（ソーセージ）、肉団子などの加工食品が作られたりします。また、皮は他の料理の材料（ゼラチン）として使われ、毛は肥料として使われます。」

「そんなにいろいろと役に立って豚も本望でしょうね。」

「はい、私たちは毛も血も、頭も首も足も、すべて用いようと考えています。首を捨てたり、臓物や血を捨てたりしたら、豚に申し訳ないと思います。」

ピノッキオは改めて自分の食事のことを考えた。これからは他人に作ってもらったものだけを食べるのでなく、自分で食材を探し自分で調理してみよう。その時、なるべく食材を無駄にしないように心がけよう。もちろん、食べると体によくない、毒のある部分は捨てなければならないが、そうでないものについてはできるだけ廃物にしないようにしよう。いや、廃物にしようと思ったものをもう一度吟味する習慣をつけよう、そう心に誓った。

第10章　蘇流源《そりゅうげん》の語る戦争

それから二、三日後、ピノッキオは南京《ナンキン》の旅宿に戻った。ミンさんと別れるとき、また、張さんと別れるとき、ピノッキオは気がかりなことが頭に浮かんでいて、上の空だった。ミンさんや張さんには申し訳ないことをしたと思ったが、後の祭りだった。

ピノッキオは蘇紫金の祖父に会いたくなったのである。それは以前、紫金の父が馬の絵を描いたと聞いたからだ。ピノッキオはもうずいぶん前になるが、イタリアのミラノのある画廊でマリオと出会ったとき、彼の口から東方の画家が描いた馬の絵の話を聞いた。

「それは恐ろしいほど勢いのある馬を描いたものだった。」

マリオはそのとき、こう言った。マリオが感動したその絵を自分もいつか見たいと思った。今の自分にそのチャンスが近づいているのかもしれない。しかし、紫金の父の絵がその絵であるかどうかわからない。だが、もし違っていたとしても、東方の画家が描いた馬の絵を見ることができたら実にうれしい、ピノッキオはそう思った。ウェイの親友のミンさんと会うことができて、自分の次の仕事はこれだと直感したのである。そこで、ミンさんや張さんと別れ、紫金と二人っきりになったとき、ピノッキオはこう言った。

「君のお祖父《じい》さんと会わせてくれませんか?」

「いいですよ。ご案内しましょう。」

「あれっ! わけをきかないんですか?」

「きかなくてもわかります。以前、私が父の絵の話をしたとき、あなたは真剣な顔になられましたから。」

「それではお願いします。」

それから、ピノッキオは紫金の案内で彼の祖父に会いに行った。紫金の祖父は南京《ナンキン》の街中から離れた小さな村に住んでいた。中国の町はほとんど城壁に囲まれている。中国で町のことを「城市」と言うのは城壁に守られた中に市場や役所や住居など人々の寄り集まる何かがあるからだとピノッキオは考えた。町の城壁はどれもこれも堂々としている。大きな石を整然と高く積み上げ、しかも、城壁の四方には壮大華麗《かれい》な城門がそびえている。その城門の一つを今くぐり抜けて外に出た。紫金の祖父が住む村に近づいた。すると、また、別の城壁があった。しかし、これは南京の街中の城壁と著しく違う。それは実に貧弱でわびしいものだった。小石と赭土《あかつち》で造った、土塀《どべい》といった感じのものである。赭土の色の古ぼけた城壁の中に老人の家があった。

「紫金の祖父の蘇流源《りゅうげん》です。初めまして。」

「初めまして。ピノッキオ（皮诺曹）です。」

「あなたは西の方からお出でになったそうですが、南京《ナンキン》は初めてですか？」

「はい、初めてです。」

「南京のどこかを回られましたか？」

「はい、朝天宮と鶏鳴山《けいめいざん》と玄武湖《げんぶこ》へ行きました。」

「どんな印象をもたれましたか？」

「はい、景色はすばらしく建物は立派と言いたいところですが、正直言って、川や湖や山といった自然はすばらしいのですが、建物は貧弱で崩れかけた家や塀が目に付きました。瓦礫《がれき》が山のように積んであるところもいくつかありました。」

「ほほう、よく見ておられますな。」

老人は目を細めて感心したような顔をした。

「ところで、家々が崩れ塀が壊れ、ガラクタが山のようになっているのは、まだ後片付けができていないからです。」

「後片付けと言いますと……？」

「戦争の後片付けが終わっていないんです。」

「戦争って、いったい、どこと?」

「リーポンという東の国との戦争です。ここら辺は、今から七十年前、戦場だったんです。」

「今から七十年前というと、紫金くんは戦争を知りませんね。」

「もちろんです。紫金の姉も知りませんし、彼らの親もよく知らないでしょう。ここは中国の真ん中にあるので昔から、よく戦場になりました。しかし、七十年前の戦争は国の外から海を越えてやってきた兵士たちによって引き起こされました。」

「あなたがたはどうしました? 戦ったのでしょう?」

「あるだけの武器を出してきて戦いました。でも、この村の人は皆、戦には不慣れでした。」

「といいますと?」

「戦をしたことがないのです。ここに住む人の大半は農民です。中には商人もいましたが少数です。それにここは平和なところでしたから兵士はいないのです。」

「不安じゃありませんか?」

「不安ですよ。しかし、この村に兵士専門の人を置くと、かえって心配です。

兵士というのはいつも戦のことを考えていますから、ちょっとしたいざこざがあると、すぐそれに乗じて相手を攻撃します。昔々、南京《ナンキン》で起こった戦争はそんなふうにして始まりました。」

「どんなふうにして始まったのですか?」

「それを話すと長くなります。後でまた、ゆっくり話しましょう。」

「ところで、お尋ねしたいのですが、専門の兵士がいなくて、どうやって戦うのですか?」

「村の皆がにわか仕立ての兵士になるのです。」

「それで勝てますか?」

「農民や商人がにわか仕立ての兵士になるわけですから、うまくいかないこともあります。しかし、時には勝利を得ることもあります。だが、ともかく、戦争はいやです。絶対にしたくありません。向こうから仕掛けてくるのでなければ、私たちは絶対に戦争をしません。」

蘇老人はきっぱりとそう言った。

ピノッキオはふと、長机の片隅に一枚の絵図を見つけた。それは道に死人がごろごろところがっている、見るも恐ろしい絵で、ピノッキオは少し見ただけで吐きそうになった。

「とんだものをお見せしましたな。」

老人は気づいて絵図を机の引き出しにしまいかけた。

「ちょっと待ってください。もう少し見せておいてください。」

老人はピノッキオの前に絵図を置いた。

「これは地獄《じごく》の絵ですか?」

「そうです。七十年前の地獄を描いたものです。」

「描いたのは誰ですか?」

「私です。そのとき、十五歳でした。」

「戦争の最中に描いたのですか?」

「いえ、これは戦争が終わった直後に起きた虐殺事件を、記憶をたよりに描いたのです。」

「虐殺事件? それはどんな事件ですか?」

「リーポン軍は戦争に勝ち、この村を占領しました。村の長《おさ》ら有力者は軍のおえらがた十五人を宴《うたげ》に招待しました。村の有力者たちは占領軍の幹部と親しくすることで自分たちの利益を得ようとしたという人もいましたが、私は親から村の長らは村の今後の平和と安全のために彼らと交渉するのだと聞きました。この宴の会場は村の公会堂でした。そこへ集められる限りの食べ物やお酒が運ばれました。また、公会堂の庭では蹴鞠《けまり》や人形芝居、舞踊などが行われました。やがて、宴が終わり軍人たちは帰っていきました。ところが、酒癖の悪い軍人五人がある民家に無断で押し入ろうとしました。それを阻止しようとする村人たちがあり、両者の間で小競《こぜ》り合《あ》いが始まりました。小競り合いはだんだん大きくなり、ついに村人一人が軍人に切り殺されて村人の怒りは高まり、軍人一人を死に至らしめることになりました。後の四人は手や足を負傷し、ほうほうの体《てい》で軍本部に帰っていきました。翌日、リーポン軍は八十人で攻めてきました。そして、二百人あまりの村人をいっきに殺してしまいました。」

「あなたはそのとき、殺されなかった、なぜですか?」

「その日、私は村にいなかったのです。」

「ああ、それはよかった。」

「よかったのかどうか、わかりません。でも、偶然なんです。リーポン軍が攻めてくるその日、私は友だちの管博山《かんはくざん》と朝早く魚釣《うおつ》りに出かけたのです。そして、その日の夕方、鱖魚《けつぎょ》や雷魚や草魚をどっさりかかえて村に帰ってきました。村に入ったとたん、土ぼこり、生臭い血の匂《にお》い、壊れた家々と、変わり果てた村の様子にびっくりしました。もう村には誰もいないのだろうかと管と二人で古井戸のそばにたたずんでいると、井戸の中から何か物音がしました。誰かいるぞと井戸を覗《のぞ》くと、下から合図がありました。二人で井戸へ入り、隠れていた人を救い出しました。それは鄭《てい》おばあさんと孫の小鐸《しょうたく》でした。おばあさんに尋ねると、逃げ延びた人が三十人ほどいるということでした。私の親も、管の親も無事でした。私たちが親と会うのは公会堂の辺りをぶらぶらしているときでした。

　公会堂の庭には死体がいくつもころがっていました。私はそれをしっかりと目に刻み込みました。誰かが私の名を呼ぶので振り返ると、そこに父と母がいました。まもなく、管《かん》の父母も見つかりました。彼らは公会堂の裏にある山に隠れていたのです。それにしても、鄭《てい》おばあさんは何度も『リーポン鬼子《グエイツ》が……』と言い、リーポン軍の残酷《ざんこく》さを私たちに話しました。私が描いた絵図は私が見たものと鄭おばあさんから聞いた話で出来たのです。」

　ピノッキオは絵図をもう一度、しっかりと見た。吐き気は起こらなかった。

「ところで、戦争はどうして起きたんですか？」

「言いがかりをつけられたのです。」

「どんな言いがかりですか？」

「特殊兵器をこっそり造っているというんです。それは世界の平和を乱すものだから成敗《せいばい》しなければならないというんです。」

「本当に特殊兵器を造っていたんですか？」

「とんでもない！　そんなもの、これっぽっちも造っていませんよ。」

「それなのに、どうしてまた、攻撃されたんですか？」

「要するに、わが国の鉄が欲しかったんです。そのために何か言いがかりをつけてわが国を占領したかったんです。」

「戦争って、そんなふうにして起こるんですか？」

「いろんな戦争がありますから一概には言えませんが、ほとんどの場合、国の利益が関係しているのではありませんか、私はそう思います。」

「なんだか、ばからしいですね。」

「ほんとうにばかげたことです。」

蘇老人はきっぱりと、そう言った。

「ところで、紫金くんのお父さんの絵はありますか？　あったら、ぜひ見せていただきたいのですが……。」

「えっ！　悲鵬《ひほう》の絵ですか！　長い間、見ないようにしていましたから、はてさて、どこへ片付けたか？　それに、絵もだいぶ処分しましたから。」

「処分といいますと？」

「紙屋に売るんです。それでなければ焼くんです。」

「焼く？　せっかく描いた絵を焼くんですか？　惜しいです。残念です。」

ピノッキオはなじるように口を尖《とが》らせて、そう言った。

「いや、それはやむを得ないことなのです。絵だけではありません。本もそうするんですから。」

「本も焼いたり紙屋に売ったりするんですか？」

「そうです。」

「信じられません。」

本は絵と同様に作者が心血を注いで作った貴重なものだ、それをただの紙にしたり灰にしたりするなんて！　ピノッキオにはどうしても理解できなかった。

「昔の友だちがこんな詩を作りました。」

そう言って老人は次の詩を諳《そら》んじた。

われ一碗《わん》の食を得るには
　古書を売るよりほかに術《すべ》なく
紙魚《しみ》の食い残しに頼り
　わずかに飢腸《きちょう》を癒《い》やす
愛惜する数々の書も
　ことごとく紅蓮《ぐれん》の火に投ぜられ
役だたぬ表紙のみ書棚にのこりて
　読書人のむなしき誇りをつたう（※参考文献Bの10より）

「彼は古本屋の店主でした。本の運命というものをよく見つめてきた男です。もともと、この国では本は貴重品であり大切に扱われています。しかし、時代や社会の変化があり、あるときは為政者の命令によって多くの本が焼かれて灰になりました。」

「具体的にはどういうことですか？」

「例えば秦《しん》の始皇帝《しこうてい》が行った焚書坑儒《ふんしょこうじゅ》です。始皇帝は丞相《じょうしょう》である李斯《りし》の進言を受け入れト筮《ぼくぜい》（＊亀甲と筮竹を用いて占いをすること）・医薬・農事などの実用書を除いてすべての書物を焼き払い、また、儒教《じゅきょう》・儒学の徒五百人を生きたまま坑《あな》に埋めて殺しました。」

「なぜ、そんなことをしたのですか？」

「統一国家としての立場から様々な思想を認めたくなかったからでしょう。始皇帝が採用した李斯の考えは法律に基づいて民衆を治めるというものでした。これに対して儒家《じゅか》の人々は人望のある人格者が民衆を治めるべきだというものでした。」

「法律に基づいて民衆を治めるというのは興味深いですね。始皇帝や李斯はいつ頃の人ですか？」

「紀元前二百年頃の人です。」

「そんなに昔の人ですか！　始皇帝や李斯の考えはマキァヴェッリの考えに近いと思います。」

「マキァヴェッリ？　それはどこの国の人ですか？」

「イタリアです、ぼくの生まれた。彼は政治を宗教や倫理から切り離すべきだと主張しました。始皇帝《しこうてい》や李斯《りし》も政治から倫理を引き離すべきだと考えたのではありませんか？」

「確かに儒家《じゅか》の人々は政治を倫理と結び付けようとしていたのかもしれません。あなたは民衆から慕われる人格者が政治を行うことに反対ですか？」

「反対ではありません。しかし、政治というのはなかなか難しいもので、人格者だからといってよい政治が行えるとは言えないのではないでしょうか？」

「確かにそうかもしれません。この国でも情実にとらわれて失敗した政治家がいっぱいいいますから。人間としての情実があり過ぎると政治家は失敗します。やはり、法というものを立て、それに基づいて政治を行うというのがよいのかもしれませんね。」

「ヨーロッパでも宗教が政治家を支配して民衆を苦しめていたことがありますから。倫理を民衆に押し付けて民衆の生活から笑いや喜びを奪ってしまったのです。」

「焚書坑儒《ふんしょこうじゅ》はもうずいぶん昔のことですが、今から七十年前の戦争のとき、やはり、焚書が行われました。」

「それはどんな焚書だったのですか？」

「それまでの焚書は例えば、新しく皇帝の位についた者が帝位奪い取りの無法さを隠そうとしたり、あるいは、自分の信じる宗教や倫理に拠《よ》る統制を行おうとしたりする、そのような意図から実行されました。しかし、近年の焚書《ふんしょ》は中国の伝統文化そのものを葬る意図から実行されました。」

「具体的にどんなことをしたのですか?」

「占領軍は図書館や大学などに収納されている、中国古来の名著をたくさん焼きました。それから民の家を一軒一軒、家捜ししました。詩経を一冊持っていたために捕まったという人もいます。人々はいらだってきました。本をたくさん持っている人ほど不安でした。彼らは本ゆえに災難が身に及ぶのを恐れました。彼らは断腸の思いで愛着の本を処分しました。

私の友だちの郭《かく》お兄さんはなかなかの知識人でたくさんの本を持っていました。私が郭の家へ遊びにいくと、お兄さんは本棚に向かって溜《た》め息《いき》をついていました。

『この本は駄目《だめ》だろうか?』

『この雑誌はだいじょうぶだろうか?』

お兄さんが友だちから聞いた話では政治・歴史・思想関係の本は絶対に駄目で、詩・小説などの文学書はだいじょうぶということでしたが、『それもあてにならぬからなあ。』とお兄さんは悩んでいました。郭お兄さんはついに、本を焼く決心をしました。

その日、私が郭《かく》の家へ行くと、庭からむくむくと黒煙が上っていました。お兄さんは積み上げた本の山から一冊ずつ手に取って火の中に投げ入れました。焼け焦げた紙切れがあたりに飛び散っていました。そのうち、郭厳春《げんしゅん》（これが私の友人の名前です）もやってきました。

『お兄さん、この本はいやだ！　燃やしちゃいけない！　ぼくに残しておいて！』

彼は本の山からすばやく一冊の本を見つけて、そう言いました。それは厳春が私に得意になって見せてくれた、挿絵《さしえ》入りの水滸伝《すいこでん》でした。私は一瞬《いっしゅん》、固唾《かたず》を呑みました。お兄さんは頭を横に振りました。

『今は焼いてしまおう。この次はもっといい水滸伝を買ってあげるから。』

厳春はもうそれ以上何も言いませんでした。郭お兄さんのたくさんの本はこうして、見る見るうちに灰になっていきました。」

それからしばらく、老人は少年の日々を思い出しているようだった。

「ああ、すみません。ついつい、昔の話ばかりしてしまいました。あなたがお知りになりたいのは絵のことでしたよね。絵のほうには焚書《ふんしょ》のようなことはありませんが、それでも戦争で絵の価値が下がり、ぼろ紙同然でしたよ。」

「絵がぼろ紙同然とは？」

「戦争が始まってから人々は生きるのに精一杯で絵など見向きもしません。画

商にしてみれば売れない絵は紙くずと同じなのです。戦争が終わってもしばらく、そういう時代が続きました。画商はこう言います、『いつ来るかわからない買い手を待つよりも、安くても確実に買ってくれる紙屋を待つほうがいい。』と。」

「有名な画家の描いた絵は別でしょう?」

「いいえ、同じことです。どんなに有名な画家の絵であっても、それを眺めているだけでそこから食べ物や衣服やお金が出てくるというわけではありませんから。」

ピノッキオは思わず笑ってしまった。

「絵というのはただの紙切れに過ぎません。戦争中や戦後の四、五年は人々には絵を眺めて楽しむより、いかに食べ物を得るか、いかに寒さを防ぐ衣服を得るか、いかに雨露をしのぐ住まいを得るかが緊急問題でした。どんな有名な画家の絵も無名の絵描きの絵もみな、紙の目方で値が決まるんです。」

「紙屋さんにしてみれば、どれもこれもつぶして再生紙の原料にするんですね?」

「そのとおりです。私も手元にあった絵をずいぶん、紙屋に売りました。」

「それは惜しいことですが、他に方法がなかったんですか?」

「ありません。」

「つらかったでしょうね。」

「つらいというより、もう無我夢中でした。」

ピノッキオはつらい話を次々に聞いたので、悲鵬《ひほう》さんの絵について聞きだす気持ちがしぼんでいった。夕闇が迫ってきた。紫金を促して蘇老人の家を辞することにした。

「また、伺います。今日はいろいろとありがとうございました。」

「年寄りの昔話につき合わせてすみませんでした。悲鵬の絵はないと思ってくださるほうがよろしいかと存じます。あってほしいと願って探してみますが、どうか期待しないでください。」

そう言って老人は深々と頭を下げた。

「今でなくてけっこうです。また、改めてお伺いしますから。」

「そうですか、すみませんね。」

ピノッキオは蘇老人の家を辞した。紫金は祖父の家に泊まるという。外に出ると、星がきれいだった。

第11章　悲鵬《ひほう》の絵

それから二、三日後、ピノッキオは南京《ナンキン》の旅宿で朝食を取っていた。そこへ蘇紫金がハアハア、息をはずませやってきた。

「朝早くすみません。祖父から早く来てくださいとのことです。」

「絵が見つかったのですか？」

「どうもそのようです。」

ピノッキオはこの日が来るのを今か今かと待っていた。いよいよ長年の夢が実現する、そう思うと彼の胸は高鳴った。

「急ぎましょう。」

二人は蘇老人の家に向かった。

途中で紫金が言った。

「この前、祖父はどんな話をしたのですか？」

「七十年前の戦争の話です。」

「ぼくも幾度か聞きました。」

「好きな絵や本を手放さねばならなかったんですね。」

「そうらしいです。」

「リーポン軍によって多くの村人が殺されたそうですね。」

「その話も聞いたのですね。」

紫金は寂しそうにうつむいた。道にはうっすらと霜が降りていた。子どもたちが四人、静かに遊んでいる。目の前に小川が流れている。その岸で三人の子どもがかがんで洗い物をしている。男の子もいれば女の子もいる。女の子二人は赤ん坊のおしめを洗い、男の子一人はシャツを洗っている。ピノッキオが言った。

「水、冷たそうだね。手が痛いだろうな。」

「何、そうでもありませんよ。」

紫金は平然とそう言った。

「どうして?」

「子どもたちのふところを見てください。」

「えっ! 何か入ってるの?」

ピノッキオは子どもたちのふところをじっと見つめた。胸の辺りがいくらかふっくらとしていて何か入っているように見える。

「近くへ行けばわかりますよ。」

二人は子どもたちに近づいた。子どもたちは気配を感じて身構えた。

「別に何もしないよ。君たちのふところに入っているものをこの人に見せてあげてくれないかい?」

一番年上らしい女の子が服のボタンをはずし、ふところから白い紙包みを取り出した。

「この中に何が入っていると思いますか?」

紫金はクイズを出す者のようにいくらか得意げに言った。

「さあ、何だかよくわかりません。」

ピノッキオは降参した。

「見せてあげて!」

紫金がそう言うと、女の子は白い紙包みを静かに開いた。それは円盤のような形をした丸くて平らな石だった。

「この人にさわらせてもいいかい?」

紫金がそう言うと、女の子は黙ってうなずいた。

「さわってみてください。」

紫金にそう言われ、ピノッキオはそっと手をふれた。すべすべした滑らかさと共にほどよい温かさが伝わってきた。

「この温かい石を誰が、どうやってつくるんですか？」

「子どもたちの母親です。母親は昨日の夜からこれらの石をかまどの中に入れて暖めておくのです。そして朝、あのようにして子どもたちが仕事をするとき、ふところに入れてやるのです。」

「なるほど、よくわかりました。」

ピノッキオは感心しながら、もう一度子どもたちの仕事ぶりを眺めた。

「ぼくも小さいとき、母からあのような石をふところに入れてもらいました。」

紫金は遠くを見るようにして、そうつぶやいた。それから二人はまた、蘇老人の家を目指して歩き出した。

老人は二人を部屋に請《しょう》じ入《い》れると、こう言った。

「悲鵬《ひほう》の絵が二枚出てきました。よく残っていたものだと思います。」

「おじいちゃんがしまっていたんでしょう？」

「いや、私じゃない。お前の母さんが保管していたんだよ。」

「えっ！　お母さんが……。お母さんはお父さんの絵を捨てたんじゃなかったの？」

「確かにお前のお母さんはお父さんの絵をたくさん捨てた。しかし、どういうわけか二枚の絵は捨てられなかったんだね。」

「その絵をはやく見せて、おじいちゃん！」

老人は紙包みを開いた。縦四十センチ横六十センチほどの二枚の紙が出てきた。一枚には馬が、もう一枚には水牛がそれぞれ描かれていた。三人はしばらく、それぞれの思いで二枚の絵を鑑賞した。ピノッキオはまず、水牛の絵を見た。画面の左に草を食《は》む水牛、右にはその水牛の手綱を取りつつ地面に寝そべっている子どもが描かれている。いかにものどかな農村の風景だが、ピノッキオには手綱を右手で取りつつ寝そべっている子どもの表情がたまらなくおもしろかった。真剣そのものといった純な眼差《まなざ》しでありながら、どこかいたずらっぽい部分があったからである。

「この子どもはあなたですか?」

ピノッキオは紫金に言った。

「さあ、どうですかね。ぼくにはわかりません。」

「ああ、それは悲鵬《ひほう》の友だちの子どもでしょう。紫金ではありません。」

「そうですか、それは残念。あなたのお父さんがあなたの何気ない表情をスケッチしたのではないかと思ったんですが……。」

次にもう一枚の絵。画面から今にも飛び出してきそうな六頭の馬が描かれている。もしかするとマリオの見た絵かもしれない、ピノッキオはそう思った。黒馬もいるし白馬もいる。

「悲鵬さんは馬が好きだったようですね。」

「はい、父はよく馬の話をしてくれました。」

「悲鵬《ひほう》の家は代々、馬丁や馭者《ぎょしゃ》でしたから、小さいときから馬をよく見ていたんです。」

「父はこの絵の馬のように元気に野山を駆け回っている馬だけじゃなく、人間に苦しめられている馬もたくさんいるんだと言っていました。」

「人間に苦しめられる？　いったい、どんなふうに？」

「重い荷物をいっぱい車に載せ、馬に運ばせるんです。馬は自分の限界を知っているんですが、なお懸命に運ぼうとします。それなのに人間は『なまけているぞ！　しっかり運べ！』などと言って肉に食い込むほど鞭《むち》を当てるのです。父はそんな姿を何度も見たそうです。また、馬の頭を下げさせないようにとトメタヅナをきつくしめるんです。馬は頭が後ろに引っ張られるので苦しくて口から泡を吹きます。でも人間はそんなのお構いなしです。」

「どうしてトメタヅナをきつくしめるんです？」

「馬に頭を高く上げさせ足も高く上げさせると見栄えがよくなるからです。そのほうが立派に見えるし高く売れるからです。」

「でも、そんなことを続けていたら馬がくたびれるし病気になるでしょう？」

「そのとおりです。しかし、馬の持ち主はそんなこと考えもしません。」

「かわいそうに！　それでも馬は黙っている。」

「いいえ、中には黙っていない馬もいます。」

「それはどういう馬ですか？」

「父の家には十二頭の馬がいたそうです。その中にたいそう元気のいい馬が一頭いました。それは生姜馬《しょうがうま》というあだ名がついていました。」

「生姜馬？　妙な名前ですね。」

「それは栗毛《くりげ》の牡馬《おうま》で背筋がぴーんと伸び、首はつやつやとし、とても美しい馬でした。しかし、この馬は短気なところがあり、気に食わないことがあると暴れるんです。それで、ピリッと辛い生姜みたいな馬というわけなんです。」

「なるほど。それで、その生姜馬がいったい、どんなことで暴れたんですか？」

「生姜馬は見た目に美しい馬でしたから誇りを持っていました。周りからチヤホヤされたというのもありますが、それ以上に自分の美しさに自信があったのです。そして、その自信は誰にも拘束されないという自由さから生まれると思っていたようです。」

「ちょっと待ってください。あなたの話を聞いていると何だか馬の気持ちを肩代わりしているように聞こえるのですが、あなたはどうして馬の気持ちがそんなによくわかるのですか？」

「ああ、ごめんなさい。父はすべての馬と親しく接していましたから馬の気持ちがよくわかったのです。ぼくはその父から聞いたとおりをお話ししているのです。」

「よくわかりました。話を続けてください。」

「ある日、生姜馬《しょうがうま》にとって大変いやなことが起こったのです。それは生姜馬が広い野原をぐるぐる駆け回ってみんなと追いかけっこをして楽しんでいたときでした。見たこともない男たちが四、五人やってきて生姜馬をつかまえようとしたのです。男たちは生姜馬を野原の片隅に追い詰め、一人は前髪をつかみ、もう一人は鼻をつかまえました。さらに、もう一人の男が下あごをつかみ、口をこじ開けました。それから端綱《はづな》をかけ、棒切れを口の中に押し込みました。そして一人の男が手綱をにぎって生姜馬を引きずり、もう一人が尻《しり》をひっぱたきました。それから一人の男が生姜馬にまたがりました。生姜馬はいきなり後ろ足で立ち上がりました。男はびっくりして手綱でびしびしと生姜馬の腹を打ちました。生姜馬は跳び上がったり、後ろ足で立ち上がったりしました。男は懸命にしがみつき、靴の拍車で生姜馬の腹を打ちました。生姜馬は猛然と暴れだし、ついに男を外へ放り出してしまいました。地面に倒れた男を他の男たちが介抱し、どこかへ連れていきました。」

「連れていかれた男の人はどうなりましたか？」

「死にました。医者の手当てを受けたそうですが、まもなく死んだそうです。」

「お前は生姜馬のことをよく覚えていたな。あれは馬泥棒を退治したのじゃ。」

蘇老人が傍から言葉をはさんだ。

「馬泥棒ですか！　それはひどい奴《やつ》らですね。生姜馬《しょうがうま》が怒るのも当然でしょう。」

「いいえ、馬泥棒というより馬買いの連中でした。しかし、彼らは馬を手荒に扱うので村の人々から嫌われていたそうです。その日、みんなが大騒ぎしているとき生姜馬はしょんぼりと一本の樫《かし》の木の下にいました。そこへ父が急いで行ったのです。」

「生姜馬はどんな様子でした？」

「ぐったりとして横になっていました。よく見ると脇腹《わきばら》から血が噴き出していて、傷口にハエがたかっていました。父は急いで家に戻りました。小さな水桶《みずおけ》と布切れ数枚、それに薬草を持って生姜馬のところへ急ぎました。小川から汲《く》んできた水を布切れに含ませ、それで脇腹を拭《ふ》きました。それから傷の部分に薬草を押し当てました。」

「生姜馬はその後、どうなりました？」

「元気になって、また、野原を駆け回るようになりました。」

「ああ、それはよかったですね。」

「馬を扱う人間は様々で、中にはあの馬買いの連中のように馬なんて一切れの馬肉ぐらいにしか思わん奴もいる。馬の気持ちになっていろいろ考えられる人間はそんなに多くはないと思うがのう。」

蘇老人はそうつぶやいた。ピノッキオは紫金から話を聞いているうち、いつの間にか、かつて自分がロバであったときのことを思い出していた。

ぼくがロバだったとき、やはり、生姜馬《しょうがうま》と同じように自由がほしかった。でも、実際は次々と売られて主人が変わった。そもそもぼくをロバにしたのは『おもちゃの国』へぼくと友だちの燈心《とうしん》を連れていった太っちょの馭者《ぎょしゃ》だ。そいつはぼくたちが本物のロバになると、ぼくたちの毛にていねいに櫛《くし》をかけ競《せ》り市《いち》に連れていった。

「ちょっと、そこ、どいて！」という声がした。

振り返ると、美しくて育ちのいい馬が馬丁に連れられて、パッカパッカと歩いてきた。元気盛りで何でもできそうなすばらしい馬だった。

「お前らもあの馬のようだったらなあ。」

太っちょの馭者は美しい馬とぼくたちとを見比べてそう言った。次にやってきたのは見るからに元気のない馬だった。痩《や》せていてあばら骨が透けて見え、上唇《うわくちびる》はだらりと垂れ下がり、背中や尻《しり》には鞭《むち》で打たれた傷がたくさんあった。

それを見てぼくらもいつかはこうなるのかもしれないと思った。

やがて競りが始まり、あちこちで値を競り上げたり値切ったりする声がした。

ロバを買うのは貴族やお金持ちではなく、たいてい農夫である。燈心《とうしん》は競《せ》り市《いち》の前の日、ロバに死なれたという農夫に買われた。ぼくはサーカス団の団長に買われた。燈心を買った農夫は燈心の口を引きあけ、目を見、足をなでおろし、お腹《なか》をしっかりさわり、最後は歩かせて足並みを確かめた。

「よし、大丈夫だろう。」

そう言って農夫は馭者《ぎょしゃ》に金を払った。燈心は悲しそうな最後のいななきを発してぼくの前から姿を消した。サーカス団の団長はぼくに芸を仕込み、ショーの中で踊らせたり輪くぐりをさせたりした。

「わしがお前を買ったのは、お前にうんと働いてもらうためなんだぞ。」

こう言う団長のもとでぼくはさんざん働かされた。しかし、ショーの途中で足を怪我《けが》してしまった。獣医は「これは直りませんな。一生、このままです。」と言った。こうしてぼくはまた、市場へ連れていかれた。

声の大きな、頑固そうな男がぼくを試した。並足でそこら辺をぐるぐる回らせた。足を引きずるのですぐ、欠点が見つかってしまった。

「こいつには駆け足や早足は無理だな。」

「荷物引きはできますよ。」

「いや、俺《おれ》はそんなことには使わない。」

「サーカスでは子どもたちに大変人気のあったロバですよ。」

「人気のあるなしは問題じゃない。」

「それじゃ、買わないんですか？」

「いや、買おう。こいつはとても硬い皮をしている。村の楽隊で使う太鼓に最適だ。」

こうしてぼくは太鼓にされることになった。

「ピノッキオさん、何か考え事でもあるんですか？」

紫金の声で我に返った。

「いいえ、何でもありません。ちょっと昔のことを思い出していたんです。」

「まだ若いのに昔のことを思い出すなど、ふしぎですなあ。アッハハハハ…。」

蘇老人はそう言って笑った。

第12章　宜興《ぎこう》の村で

次の日、蘇老人の家でピノッキオたちはこんな話をした。

「あのう、ぼくは仙女《せんにょ》様のお母さまとぼくの母を探しに中国へやってきたのです。」

「お二人は何歳ぐらいですか？」

「それがもう亡《な》くなったと聞いているんです。」

「えっ！　亡くなった？　亡くなった人をどうして探すんですか？」

「はい、亡くなった人のお墓を探して冥福を祈りたいのです。」

「祈禱冥福《チーダオミンフー》（＊冥福を祈る）！　ああ、それは大変好《よ》いことです。」

「本当に亡くなったのですか？」

紫金が言葉をはさんだ。

「さあ、それは……」

「もしかすると、生きているかもしれませんぞ。」

「そうだとうれしいのですが……。」

「その人の生まれた場所は？」

「仙女様《せんにょ》のお母さまは杭州《ハンジョウ》の近くの湖のほとりの宜興村《ぎこう》です。ぼくの母も杭州だと聞いていますが、宜興村だかどうだか詳しいことはわかりません。」

「ほう、二人とも杭州ですか！　それは珍しいですなあ。杭州には昔から外国の人がよくやってきましたし、また、杭州から中国人がよく外国へ出かけたものです。」

「杭州の近くの湖というのは、たぶん、太湖《たいこ》のことじゃありませんか？」

紫金が傍から言葉をはさんだ。

「ああ、そうだね。太湖だ。ところで、お二人のお名前は？」

「はい、仙女様のお母さまは徐悲舟《じょひしゅう》、ぼくの母は林静文《りんせいぶん》です。」

「なるほど。でも、ここには実にたくさんの人がいますから名前や生地だけではちょっと難しいかもしれませんなあ。昨日生まれた赤ん坊や、十四、五歳の少女にもそういう名前がありますからなあ。」

「ぼくの知っている人にも同じ名前の人がいました。でも、その人はぼくと同じ年ぐらいの少女です。」

「どうしたらいいでしょう？」

「とりあえず宜興へ行ってみたらどうでしょう。お一人の方は宜興村の出身とわかっているのですから。」

「もしかすると、お二人は親戚《しんせき》同士ってこともあるかもしれませんよ。」

「ぜひ、宜興《ぎこう》へ行ってみなさい。」

二人からそう助言され、ピノッキオはさっそく、次の日、宜興へ出かけた。

宜興に着いて中心街をぶらぶらしていると、何だか広場のほうで人だかりがしていた。近づくと、みんなが一人の男を取り巻いていた。男は椰子《やし》の実の粒で数珠《じゅず》を作っていた。白い目玉の中で黒い瞳《ひとみ》がぎらぎらと光り、薄赤い唇《くちびる》の中から白い歯並が見えた。体は痩《や》せ細り、顔は胡椒《こしょう》の実のように真っ黒で、足は梯子《はしご》のように長かった。手は毛むくじゃらで、膚《はだ》はかさかさにひからびていた。そして、妙な巻き舌口調でしゃべるのでピノッキオには言葉がよく聞き取れなかった。

やがて、人々の輪が一人去り、二人去りしているうちに、もう誰もいなくなった。ピノッキオは気まぐれに、この男に案内人になることを頼んでみた。男はにやっと笑い、思いのほか簡単に引き受けてくれた。そして、自分をあだ名の「カラス」で呼んでくれと言った。

ピノッキオはカラスはどことなく誰かに似ていると思った。広場でカラスを見た時そう直感したのだが、すぐにはその名が思い出せなかった。しかし、今こうやってカラスのあとについて歩いていると、その名が自然に浮かんできた。

パオロ・プラトリーニだ。彼は中国に来てぼくといっしょに暮らしていたのだが、お茶の仕入れを兼ねて茶商売の勉強もしたいと言ってマカオ方面へ出かけていった。それっきり彼と会っていない。そのパオロが今目の前にいるカラスなのだろうか。ピノッキオは半ばそうあってほしいと願いつつ、半ばそれを否定しつつあった。

「お前さん、この村は初めてかい？」

「はい、そうです。」

「だったら、人探しの前にこの村の観光をさせてあげようか？」

「ぼくははやく仙女《せんにょ》様のお母さんを探してあげたいんですが……。」

「そりゃわかるよ。でもな、見つからなかったらすぐ南京《ナンキン》へ戻るんだろう。そりゃ、もったいないぜ。せっかくこの土地に来たかいがないよ。」

「見たところ取り立てて何かがある村のようには見えませんが……。」

「そりゃ南京と比べたら天と地の差だよ。だけど、この村には外から見ただけではわからないとてつもない名物があるんだ。」

「何ですか、それは？」

「泥をこねて造る焼き物だ。」

「焼き物？　残念ですが、ぼくにはその趣味はありませんよ。」

「そうだろうなあ。お前さんのような若者に焼き物の趣味があっちゃおかしいや。それにしても一つの経験だ。見ておくのも悪くないよ。」

「お言葉ですが、焼き物を見るのはご免こうむります。」

「並べてある焼き物を見せるんじゃないよ。泥をこねて形を造っていく、そこを見せたいんだ。」

「泥をこねて造る……。ウウーン、何だかおもしろそうですね。」

気まぐれなピノッキオは焼き物が出来上がっていく様子に引かれた。

「少しくらいの時間ならいいでしょう。行きましょう。」

「そうかい、それじゃついてきな。」

そう言うとカラスは先に立ってすたすたと歩いていった。

少し歩くと、どの家も同じような造りで、中から轆轤《ろくろ》を回す音が聞こえてきた。

「ここへ入るよ。」

そう言うカラスの後についてピノッキオは家に入った。部屋の一角が作業場になっていて、小さな手轆轤が回っていた。そばに形を作る道具が置いてあった。陶工は別に振り向きもせず、いっしんに土をこねていた。板のように伸ばした土を轆轤の上に筒型に置き、それをペタッペタッとたたきながら形にしていく。

「何を造ろうとしているんですか？」

「まあ、静かに見ていな。今にわかるから。」

陶工はへらや木槌《きづち》を上手に使い、あっという間に小さな器を造り上げた。

「あれは何に使うものですか？」

「茶壺《チャフー》（＊急須のこと）といって、お茶の葉を入れて汁を出すものだ。」

「ティ・ポットですね。」

ピノッキオはそう言ってティ・ポットから紅茶を注ぐ仕草をした。カラスはうんうんとうなずいた。

「あれはあのままでは使えませんね。あの後、どうするんですか？」

「あのまま一週間置いて土を乾かす。それから外にある窯《かま》へ持っていき、高い温度で二日くらいかけて焼くんだ。」

「出来上がったものがありますか？」

「ある。少し待って……。」

そう言ってカラスは家の奥に入っていった。しばらくしてピノッキオを手招きした。

カーテンのような覆いを払い、中に入るとそこは陳列棚で製品がずらりと並んでいた。ほとんどが褐色の地味な感じの茶壺ばかりだった。

「落ち着いたよい色ですね。どうしてこんな色が出るんでしょう？」

「この土地でしかとれない特別な土を使っているんだ。ここら辺の土は岩や石の下にあって鉄分をたくさん含んでいるんだ。だから、高い温度で焼くと褐色になるんだ。」

「ところで、ここではお茶を飲むコップ（＊湯呑茶碗《ちゃわん》）は造っていないんですか？」

「いや、少しは造っている。でも、ここで有名なのは茶壺《チャフー》だね。もっと詳しい話が聞きたければ係りの人を呼んでやるよ。」

「お願いします。」

カラスはまた、別の部屋へ入っていった。ピノッキオは窓から外を見た。大きな池があり、池には蓮《はす》の葉がいっぱいでほとんど水が見えなかった。時折吹く風に蓮の葉がひらひらと揺れた。

しばらくしてカラスは若い女の人を連れて、戻ってきた。

「こちらが茶器に詳しい葉麗《イエリー》さん。こちらさんは茶壺だけでなく茶杯《チャベイ》についても知りたいそうだ。説明してあげて。」

「お願いします。」

「わかりました。焼き物は何もお茶を飲むだけのために造られるのではありませんが、中国では宋《そう》の時代からお茶を飲む習慣が広まり茶器がたくさん造られるようになりました。」

「茶器以外にはどんな焼き物が造られたのですか？」

「ふだんの生活で用いる食器や、祭祀《さいし》に使う器です。」

「茶を飲む器、すなわち茶杯《チャベイ》に最も適しているのは青磁《せいじ》だとされています。白磁だと茶の色がまともに出るから駄目《だめ》というわけです。」

「ちょっと待ってください。青磁とか白磁とかいうのは何ですか?」

「青磁とは釉《うわぐすり》(*素焼きの陶磁器の表面にかけるケイ酸化合物)に含まれる鉄が還元されて緑青色あるいは黄みを帯びた青色になる磁器のことです。白磁とは生地が白く釉が透明で、高温で焼いた磁器のことです。」

「大体わかりました。先を続けてください。」

「中国では昔から白磁が好まれていました。初期の白磁は透明に近い白でしたが、それが次第に乳白色に変わります。それを失透《しっとう》といいます。失透するには焼く火度を高めねばなりません。それが技術的に可能となり白磁の評判はますます高くなりました。しかし、後にお茶を飲む習慣が起こり、お茶を飲む茶杯とお茶の色との調和が問題になりました。中には『白磁の白と茶の色とは合わないからかえって良い』と言う人もいましたが、たいていの人は緑のお茶を飲むには青磁が良いと思うようになったのです。」

「人の好みとはふしぎなものですね。ぼくにはよくわかりませんが、白磁の茶杯で緑のお茶を飲んでもけっこう、味わいがあると思いますが……。」

「私もそう思います。権威ある茶人がそう言ったり書物に書いたりすると、人人にはそう信じられていくのです。ところで、その青磁ですが、これには大きく二つの種類があります。一つは越州窯《えっしゅうよう》（＊今の浙江省付近の窯）で造られた青磁《せいじ》で、これは純正の青色に近づこうとしました。これに対して、景徳鎮《けいとくちん》の窯《かま》では白を基調としつつ青みを帯びた器を造ろうとしました。影青《インチン》と呼ばれる焼き物がそれです。景徳鎮の焼き物は基本的には白磁なのですが、越州窯の青磁を学び独特の青白磁を生み出したのです。」

「青白磁？　何ですか、それは？」

「青磁か白磁か、ちょっとはっきりしない呼び名ですが、青みがかった白磁ということです。景徳鎮は青白磁の影青を造ったことで有名になりました。注文がどんどん増え影青は外国にも輸出されました。ところで、ここ宜興《ぎこう》の南西に陽羨《ヤンシャン》という所があり、そこでは良質のお茶を産します。明《ミン》の時代に陳仲美《チェンツォンメイ》という陶工が景徳鎮からここへやってきて茶壺《チャフー》を造ったと文献に出ています。それほどこの宜興で造られる茶壺は有名だったのです。」

「茶器についてはよくわかりました。ありがとうございます。ところで、ぼくは焼き物というとつい、絵皿や鉢や花瓶を思い浮かべるのですが、これについては何か……。」

「ああ、それは絵付けのことですね。絵付けはふつう、釉《うわぐすり》をかけて焼く前に行うもので、そうやって出来た焼き物を『染付け《そめつ》』と言います。絵付けは陶工が行う場合もありますが、たいていは絵付師が行います。絵付師は器の口や肩、脚などいろんなところに絵を描きますが、それは様々な角度から見られることを意識せねばなりません。例えば皿に描く場合は平面ですが、花瓶や鉢などに描く場合、立体ですからなかなか難しいのです。花瓶や鉢に絵付けをするには手首が柔軟でなければなりません。骨が硬くならないうちに絵付けの練習を始め、手首を絵付けの仕事に慣れさせておく必要があります。」

「いつごろ、絵付けの練習を始めるのですか?」

「始めるのはいつからでもかまいません。早いほうがいいのです。遅くなると駄目《だめ》です。だいたい十五歳が限度です。」

「絵付師は自分で考えた絵を描けるんですか?」

「今では少し、そのようになっています。大半は注文された絵か、型どおりの絵を描きます。」

「それは残念ですね。」

「焼き物は商品ですから売れるものでないと暮らしていけません。図柄は商人のほうから示してきます。商人は買う人の好みをよく知っていますから。」

「なるほど。それじゃ、絵付けをする人は半ば自分の絵をあきらめた人ですか?」

「すみません、ちょっと意味がよくわからないんですが……。」

葉《イエ》さんは小首をかしげてそう言った。

「つまり、焼き物に絵付けをする人は画家として独り立ちするのをあきらめた人ですか？」

「いいえ、そうだとは言えません。中にはそういう人もいますが、これは案外おもしろい仕事だと思っている人もいます。」

「どうして？」

「焼き物は陶工と絵付師の協同作業なのです。絵付師がある絵付けをしてもその色がそのまま出るとは限りません。焼きあがってどんな色合いになるかわからないのです。それがおもしろいと思っている人がいます。また、紙や絹に描くのと違って磁器に描くのですから立体に描くおもしろさがあります。」

「なるほど。絵付けという仕事におもしろさを見出した絵描きさんもいるんですね。どんな図柄が多いのですか？」

「染付けという焼き物ではまず、唐草模様に牡丹《ぼたん》という図柄です。これはペルシアなど西アジアへ輸出した焼き物に多く見られます。次に龍《りゅう》です。天に上るから威勢がいいとして中国本土で好まれました。よく見かけるのは三乃至《ないし》四の龍です。五の龍は皇帝のための図柄です。もしその図柄の焼き物が見つかったらそれは皇帝に納めたものだと判断されます。第三に魚と藻《も》（＊水草）の図柄です。この絵に描かれる魚は江南《こうなん》の淡水に棲《す》む鱖魚《けつぎょ》です。大きな口、鋭い歯、細い鱗《うろこ》、背びれにとげがあり、けっして美しい魚とはいえません。獰猛《どうもう》な感じの魚ですが、料理するとおいしいです。」

「どうだい、話はそれくらいにしたら……。」

カラスが横から口を出した。

「失礼しました。これからまた、どこかへお出かけですか？」

「この人は人探しをしているんだよ。」

「人探し？　それはご苦労様です。」

「徐悲舟《じょひしゅう》って人を探しているんだが、何か心当たりはないかね？」

「徐悲舟さんですか？　ちょっと待っていてください。」

葉《イエ》さんは部屋へ駆け戻った。カラスと葉さんの会話を聞いていてピノッキオの胸はどきどきしてきた。

葉さんは十分ほどして戻ってきた。ぶ厚い本をかかえている。

「お待たせしました。徐悲舟さんのことはこの書物に載っています。彼女は絵付師の娘さんです。」

そう言ってぶ厚い本を開いた。

「彼女のお父さんは先ほどお話ししました陳仲美《チェンツォンメイ》の友だちで宜興《ぎこう》生まれの陶工でした。明《ミン》の終わりに景徳鎮《けいとくちん》に行き絵付師となり染付けの制作に携わりました。彼女はその父から絵付けの仕事を教えられました。手首がとてもしなやかで、大変すぐれた仕事をしました。しかし、窯場《かまば》で働く人たちの先頭に立つ闘士となりました。」

「闘士？　いったい何のために、誰と闘うのですか？」

「陶工に無理難題をあびせる役人と闘うのです。」

「無理難題とは？」

「皇帝は宮殿を作り上げた後、陶工たちに宮殿を飾る装飾品を作らせました。例えば、たくさんの花を生ける大きな花瓶、珍しい魚を飼う大きな甕《かめ》や水槽です。また、宴会のための食器をたくさん作らせました。陶工たちは夜昼休みなしに働かされ、へとへとになりました。それでも窯場《かまば》を監督する提督官は彼らを杖《つえ》でたたいて働かせました。死人が次々と出ました。

ある日、宮殿に納める青龍《せいりゅう》模様の大きな水瓶《みずがめ》をみんなで焼きました。しかし、いくら焼いてもひび割れができてうまくいきません。大きいものを焼くのは火の調節が難しい上に、もの自体の重みで歪《ゆが》みやひび割れが生じるのです。

提督官は自分の責任になって罰せられるので陶工たちにさんざん文句を言いました。

陶工の中の誰かが『焼き物がうまく仕上がらないのは火の神が怒っているからだ』と言いました。他の陶工たちもそうだそうだと口々に言いました。『火の神の怒りを鎮めるには人身を捧《ささ》げるより他になかろう』と誰かが言いました。

陶工の中に足の悪い老人が一人いました。この老人はかつて名工とうたわれたすばらしい陶工でしたが、このごろは腕も鈍り、足も不自由で杖《つえ》をついていました。老人が言いました。

『わしはずいぶん長く生きてきた。今さら命は惜しくない。』

そう言うが速いか、燃えさかる窯《かま》の中に飛び込もうとしました。

すると童賓《どうひん》という名の若い陶工が進み出てそれを制し、『火の神は若い命こそ欲しがるものだ。』と言って、傍にいた提督官をつかまえて、もろとも火の中に飛び込みました。皆しばらくはあっ気に取られていましたが、このことがあってから窯場《かまば》には火がつけられ、陶工たちはどんどん農村に向かって逃亡《とうぼう》を始めました。この逃亡を指揮したのが徐悲舟《じょひしゅう》だとされています。彼女はその時二十三歳で、逃げるとき彼女の腕には生まれて半年ほどの赤ん坊が抱かれていたそうです。彼女の夫は童賓ではないかという推測も出ましたが彼女はそれについては何も語っていません。徐悲舟はその後、事件の首謀者として追われる身となりました。彼女は逃亡を続け、紹興《しょうこう》の近く会稽山《かいけいざん》の麓《ふもと》で亡《な》くなったとのことです。」

「赤ん坊はどうなったんでしょうか?」

気になってピノッキオが尋ねた。

「本には詳しい記載がありません。」

「誰かに拾われたのか、それとも、死んでしまったのか?」

ピノッキオはどう考えたらいいのか、わからなくなった。

「まさか消えたわけではあるまい。ところで、徐悲舟《じょひしゅう》さんのお墓は会稽山《かいけいざん》の麓《ふもと》にあるのかい？」

「私は行ったことがありませんからよくわかりません。ただ、この本の記録を信じるとすれば、こんな大事件を起こした人ですから、誰かが墓標くらいは立てているのじゃありませんか？」

「そうだろうなあ。きっと何かあるはずだ。」

ピノッキオはカラスと葉《イエ》さんの会話をぼんやりと聞いていた。何だか夢を見ているような気がした。

「ありがとうよ。」

カラスはそう言うと、ぼうっとしているピノッキオの腕をつかんで家の外へ出た。外はうっすらと暗かった。ピノッキオは葉さんの顔をどこかで見たような気がした。彼女は誰かに似ている、そうだ、ベアトリーチェだ！

「おい、ぼんやりしてちゃ駄目《だめ》だよ。」

「あっ、はい……。」

ピノッキオはカラスの声で我に返った。

「どうだい、焼き物の家を見て？」

「はい、ずいぶんためになりました。」

「よかったな。それではここでおさらばだ。幸運を祈ってるよ。」

「また会えるといいんですが……。」

「それはわからんね。まあ、目的地もはっきりしたんだから気をつけて行きな。」

「ありがとうございました。これは御礼です。」

そう言ってピノッキオは銀貨を一枚差し出した。

「おお、こりゃイタリアの銀貨だ！　珍しい！」

「イタリアの銀貨だとよくわかりましたね。」

「胡人《こじん》からもらったことがあるんだ。胡姫《こき》のいる酒肆《しゅし》（＊酒場）でね。」

「酒代にしないでくださいよ。」

「当たり前だ。お前との記念だ。大事にするよ。」

「それではお元気で！」

「ムニャムニュア！」

カラスは手を高く上げて去っていった。カラスが最後に言った言葉は「アディオス！」だか「グッドバイ！」だかピノッキオにはよく聞き取れなかった。しかし、それは「チャオ！」と言っているように聞こえた。

ピノッキオがカラスと別れてしばらく歩くと、また、あの池のほとりに出た。池は蓮《はす》の葉がいっぱいで水は所々見えるだけだ。池の向こうには朱塗りの柱に支えられた二層の家がそびえている。瑠璃《るり》色の瓦《かわら》を敷いた屋根が、空に向かって髭《ひげ》のようにピンと反《そ》り返っている。葉麗《イエリー》さんのいた焼き物の家だ。その背後にむくむくと黒い煙が湧き上った。窯《かま》に火を入れたのだろう。仙女《せんにょ》様のお母さんが生まれた村は素朴だったが活力のある村だった。

第13章　杭州《ハンジョウ》で

紹興《しょうこう》の会稽山《かいけいざん》に向かって宜興《ぎこう》を出発したピノッキオは、呉興《ごこう》を過ぎ杭州に入って足止めを食った。

橋番（＊通行税を取り立てる番人）が言った。

「このところ大雨が降って橋が壊れそうなんだ。この先へは行けないよ。」

そういえばここへ来るまで道端に木の葉がたくさん落ちていた。嵐《あらし》で道いっぱいに木の葉が撒《ま》き散らかされた。ここは川の堤が高いので、橋は丸い太鼓橋でなく、まっ平《たい》らの形でかかっていた。川の水が増してくると橋の中央部では手すりの枠を越えて水がどっと押し寄せてくる。やや離れた所から橋の中央部を見ると、確かに水浸しになっていた。川の水はどんどん増えている。とつぜんゴオー、ビシャ、バリバリッという音がして橋の中央部が引きちぎられた。

「あぶない！　あぶない！　さあ、帰った！　帰った！」

橋番は警棒を振り上げてピノッキオを追い返そうとする。

「橋はいつごろ直りますか？」

「そんなことわかるもんか！　さあ、はやく向こうへ行け！」

　橋番は棒を振り上げ狂ったように叫んだ。

　ピノッキオは川から離れたところに旅亭を見つけ、しばらく滞在することにした。

　宿の主人が言った。

「このぶんじゃ、しばらく無理ですね。」

「橋が直るのにどれくらいかかりますか？」

「まあ、これまで見てきたところ早くて二ヶ月でしょう。」

「二ヶ月！」

「はい、だいたいそれくらいです。」

　ピノッキオはがっかりした。しかし、時間がたくさんできたせいか、また、いろんなことを思い出した。そうだ、ヤン・ウェイに手紙を書こう！　それから数日後、ピノッキオはヤン・ウェイに次のような手紙を書いた。


　ぼくは今杭州《ハンジョウ》にいます。杭州に入ったところで大雨にあい、橋が壊れました。直るまでだいぶ時間がかかります。それで街中を散歩したりして過ごしています。

旅亭からしばらく歩くと、運河がありました。また、しばらく歩くと別の運河がありました。この町はよほどたくさんの運河があるようです。きみは中国の人だからこの町についてよく知っているのでしょうが、ぼくはこの前、屯溪《トゥンシー》へ行く時ちょっと立寄っただけですから、よく知りませんでした。今回、大雨のためここにしばらく滞在することになり、前よりもよく、この町を知ることができそうです。

この町はまさに水の都です。ぼくはイタリアのヴェネツィアにいるような気持ちになりました。この町の太鼓橋の上で手すりにもたれながらぼんやりしていると、寺院の鐘の音が聞こえてきました。鐘の音は人通りの多い広場、狭い街路、細い水路に響いていきます。ぼくはサン・マルコの鐘の音を思い出しました。目を閉じるとたくさんのゴンドラが運河を行き交い、それぞれの角燈の放つ光が水面にふわふわと浮かびます。ヴェネツィアはまばゆいばかりの光と人ごみにあふれていました。

しかしここは夕方になるとひっそりとして静かです。鐘の音が止《や》んでから聞こえるのはカラスの羽ばたき、蚊《か》の飛ぶ音、漁師舟の水切る音などです。しばらく歩くと、壊れかかった古い家並みがありました。その中の一軒はかつて豪勢を極めたようで瓦や石柱の所々に蛇の彫刻があり、水盤にはこの家の紋章が刻まれています。また、この家には古い井戸がありました。縁石が磨《す》り減《へ》り壁面には藤蔓《ふじづる》がからんでいます。井戸のそばにはカラタチの木があり、とげのある梢《こずえ》が一本、蛇のうねったように伸びています。また、バラの木もあり、とても好《よ》い匂《にお》いがしました。バラの匂いを胸いっぱい吸い込もうとして上を向いて歩いていたらスッテン、コロリンと転んでしまいました。落ちていたクルミの実を踏んでしまったのです。

次に別の運河に沿って歩いてみました。裏町に入るとたくさんの洗濯物が長い一本の紐《ひも》の上に干してありました。空っぽの鳥籠《とりかご》がありました。掘割の水路に濁った水がたまっていました。ぷかぷかと西瓜《すいか》の皮や野菜の食べ残しが浮いていました。舟着き場のほうへ行くと、漁師が舟から魚の入った籠《かご》を降ろしているところでした。売買が始まります。安くしろと値切る人、まけられないとがんばる人。人も様々、暮らしも様々です。

ところで、ぼくはあれから南京《ナンキン》へ行き、ルアン・ミンさんと会いました。ミンさんは元気でした。ミンさんはすばらしい料理人になっていて、ぼくたちにいろいろとごちそうをしてくれました。ぼくたちとは、ぼくの他に案内の張坤正《ちょうこんせい》さん、それに友だちの蘇紫金くんです。紫金くんは前にお話しした、旅芸人の一座から追い出された少年です。紫金くんの案内で彼のおじいさんと会いました。

おじいさんは昔の戦争の話をしてくれました。それから紫金くんのお父さんの絵を見せてくれました。それはとてもすばらしい馬の絵で、長い間ぼくの見たかったものでした。馬は今にも画面から飛びだして来そうでしたよ。きみに見せることができなくて残念です。馬の絵を見せてもらった後、ぼくは中国へやってきたわけ（仙女《せんにょ》様のお母さまとぼくの母のお墓を探して冥福を祈ること）を話しました。すると、宜興《ぎこう》へ行くことを勧められました。

宜興で案内の人を雇いました。彼はカラスと呼んでくれと言いました。この人はぼくの友人パオロ・プラトリーニにそっくりです。彼に連れられて焼き物の家に入りました。焼き物が土からできるところを見学し、その後、案内係の葉麗《イエリー》さんから中国の焼き物の歴史について話を聞きました。その中に陶工たちが皇帝や役人の酷使《こくし》に耐え切れず反乱を起こしたという話がありました。その首謀者が徐悲舟《じょひしゅう》、つまり仙女様のお母さまだというのです。びっくりしました。また、徐悲舟が死んだのは紹興《しょうこう》の会稽山《かいけいざん》の麓《ふもと》だというのです。カラスはすぐに行けと言いました。それでぼくはここまでやってきたのです。

橋は直りつつあります。この旅亭にはしばらく滞在します。

小説のほうは進んでいますか？　ひまができたら、おたよりをください。

ピノッキオは手紙を宿の主人に託した。主人はいつ着くかわかりませんと困った顔で言う。それでもかまいませんとピノッキオは頼み込んだ。主人は手紙を走り使いの少年に渡した。
さて、月日は瞬《また》く間に過ぎていった。橋も元通りになった。そろそろ出発しようと思っているとき、ウェイからの手紙が届いた。

お手紙ありがとう。ミンさんと会えてよかった！　ミンさんは私の大事な友人ですし、また、たくさんの恩を受けた大切な人です。元気に料理を作っているようなので安心しました。大切な人が元気に暮らしているのを知るほどうれしいことはありません。よく訪ねていってくれました。ありがとう。心からお礼を言います。
ところで、長い間見たいと思っていた馬の絵を見ることができて本当によかったですね。私も馬の絵が大好きです。私が好きなのは滑稽《こっけい》な馬の絵です。幼い時、父に買ってもらった絵本で、題は『激突貫《げきとっかん》先生』です。

帽子は吹っ飛び
かつらも吹っ飛び
激突貫は大あわて

こんな目にあうなんて
夢にも
思いはしなかった

「馬よ、落ち着け、落ち着くんだ」
馬上の激突貫《げきとっかん》、叫べども
馬には何も聞こえない

「おやおや、あれは突貫先生だ」

「腰に下げるは二つの酒瓶！」

「きっと、競走に出ているんだ」

「いいぞ、がんばれ！」

皆口々に囃《はや》し立て

激突貫は商売上手の大金持ちです。いつも言葉巧みに人をおだて上げ、たくさんの服や焼き物を買わせました。でも、この日は商売を休み家族と旅行に出かける日でした。奥さんと三人の子どもを連れ、それに奥さんの妹とその子二人も招待しました。馬車はそれで満員です。激突貫は商売仲間の染物屋の主人から馬を借りました。それに乗って馬車の後を追いました。馬は初めはそろりそろりと動いたが、途中で鞭《むち》を一つ打ったら、どんどん速くなりました。

これにはまいった激突貫《げきとっかん》
商売上手は役立たず
前のめりになったまま
セミのようにへばりつく

へばりつかれて馬はびっくり
振り落とそうと
ますます荒れ狂う

旅先で飲もうと
腰に付けたる二つの酒瓶
がちゃがちゃ
たぽたぽと
鳴りどおし

そのうち激突貫《げきとっかん》はほてった頭をさらに低くしました。その瞬間《しゅんかん》、バシャバシャと音がして二つの酒瓶はこっぱみじんに砕け散りました。酒は道路に飛び散り、馬も激突貫もびしょぬれになりました。

激突貫を乗せて猛然と突っ走る褐色の馬に子どもの私は拍手を送っていました。今でもその絵をありありと思い出します。

ところで、宜興《ぎこう》で焼き物の家に行ったそうですが、徐悲舟《じょひしゅう》さんのことには私もびっくりしました。彼女は思い切ったことをしたと思いますが、中国の史書には皇帝や役人に反逆するというか、権力者の住む家に向かって石を投げたり大砲の砲口をそろえたりする庶民の話がよく出てきます。この前、朱友石先生のところである史書を読んでいたら次のような話が出ていました。

帝尭《ていぎょう》は自分が天下を治めることになってから五十年たっても未《いま》だ天下がよく治まっているのかどうかわかりませんでした。ある日、貧しい身なりをして一人で村のにぎやかな通りを歩きました。どこかから次の歌が聞こえてきました。

我らの生活はすべて　天子様の徳によって　成り立っている
我らは知らず知らず　天子様のお示しくださった　規則を守っている

また、ある老人は口に食べ物を頬張《ほおば》り、腹鼓《はらつづみ》を打ち、地面を足で蹴りながら調子をとり、次の歌をうたいました。

陽《ひ》が出て働き　陽が沈んで休む
井戸を掘って水を飲み　田を耕して米を食う
天子様の力添えなど　どこにもありゃしない

「この史書はありふれたものですが、この話は中国ではあまり取り上げられません。」

朱先生はそうおっしゃいました。

「なぜですか?」と問うと、先生は「自分で考えなさい。」とおっしゃいました。

しばらく考えてから、私はこう答えました。

「この話には二つの歌が出てきます。前者の歌は帝《てい》の徳をたたえる意図がはっきりと出ています。それに対して後者の歌は帝の徳をたたえたり帝の力添えを必要としたりする意図が出ていません。帝・役人ら庶民の上に立つ人たちは前者の歌を好み、それを多くの人々に広めようとしたと思います。しかし、この話にはそれと対立するもう一つの歌があり、困ったのだと思います。」

「それでは後者の歌は帝《てい》の力添えを不要とする庶民の凱歌《がいか》だと解釈しますか？」

「はい、『帝の力、何ぞ我に有らんや』というのはそういう意味だと思います。帝など要らないということだと思います。」

私はそう答えました。

すると、先生はこうおっしゃいました。

「帝の力添えなど我らには不要というより無関係だというのでしょうね。前者の歌の『識《し》らず知らず帝の則《のり》に順《したが》う』や、『帝の力、何ぞ我に有らんや』は帝そのものの存在を否定するというより帝は存在していてもかまわないが庶民の自由や生活を束縛しない程度の統治、いわゆる『ゆるやかな統治』を望むというものでしょう。『ゆるやかな統治』は帝尭《ぎょう》の時代には可能だったのかもしれませんが、今やそれは程遠い理想です。『帝の力、何ぞ我に有らんや』とうそぶいていられるほど私たちは自由でありませんし、豊かでもありませんから。」

私はこの時、徐悲舟《じょひしゅう》のことを知りませんでした。しかし、今なら、あなたから教えてもらった彼女のことを引き合いに出して朱先生の問いに答えたでしょう。もし彼女が生きていたらこの史書の話をどう受けとめたでしょうか、知りたいものです。

　ところで今、この手紙を書いている目の前に柘榴《ざくろ》の実の形をしたインク壺《つぼ》があります。先日、寧波《ニンポー》の骨董店《こっとうてん》で買ったものです。インクの入った小さな壺は、赤色の盆の上に載っています。壺には蓋《ふた》があり、柘榴の口の開きをほどよくふさいでいます。まるで深い井戸にどっしりとした重い蓋を置いたようです。私の手は何度も用箋《ようせん》とインク壺との間を往き来します。

　手が疲れるとペンを置いて、しばらくインク壺を眺めます。井戸の中で想（書きたいこと）はひっそりと眠っています。ああ、と溜《た》め息《いき》をついて独り言を言います。井戸の中で眠っている想をどうやったら引き出すことができるのでしょうか。インクはまるで柘榴の液汁のようです。液汁は黒く輝き、なめればきっと苦い味がするでしょう。液汁の中には柘榴の根が深く潜んでいます。不透明で底の見えない水たまりです。ものを書くということは、このようなほの暗い水たまりに魅了されることなのでしょうか？　今の私には水たまりの中に入っていく勇気がありません。ただ、ぼうっと魅せられているだけです。なんだか、取り留めのないことを書き連ねました。私は時々、こうした夢ともうつつともつかないものに苦しめられるのです。

　私はまだまだ小説が書けません。あなたはこれから会稽山《かいけいざん》に向かわれるそうですが、道中くれぐれもご注意ください。会稽山は寧波から近いので、もしかしたら私も行けるかもしれません。
それではお元気で。さようなら。

ピノッキオはウェイからの手紙を何度も読み返した。難しいことがたくさん書いてあった。激突貫《げきとっかん》の話はおもしろかった。「帝《てい》の力、何ぞ我に有らんや」と徐悲舟《じょひしゅう》の話はよく理解できなかった。小説を書く苦しみはいくらかわかる気がした。

部屋の窓から下を見ると、暗闇に川の流れが白く光った。

第14章　会稽山《かいけいざん》の老婆《ろうば》

杭州《ハンジョウ》から東南に向かって約百二十里（＊六十キロメートル。中国の一里は〇・五キロメートル）行くと紹興《しょうこう》である。会稽山《かいけいざん》はここにある。

ピノッキオは今、紹興の鎮《ちん》（＊市場地）に入った。ここは杭州と同じように運河が多く、大小の舟《ふね》が水路を行き交っている。足で櫂《かい》をこぐ舟もあり、思わず目を留めた。

ここは酒の産地として有名だが、陶磁器の産地としても知られている。ピノッキオは轆轤《ろくろ》を回す風景をここでも見ることができた。職人は左回しに轆轤を回していた。

紹興の街中から東南八里（＊四キロメートル）のところに会稽山はある。それほど高くない山だ。春秋《しゅんじゅう》時代、越《えつ》王勾践《こうせん》が呉《ご》王夫差《ふさ》に敗れた所である。その頃、ここら一帯は越国の領地であった。

朝まだ早い時刻であった。一匹の茶色の犬が山あいの平地へ駆けていき、ワンワンと吠《ほ》えた。ピノッキオはつられて犬のあとを追った。会稽山《かいけいざん》の麓《ふもと》の村に着いたのだとピノッキオは思った。

村には同じような高さの石造りの家が二十ほど並び、村の入り口の門の前には一筋の小川がきらきらと流れていた。川底まで見える透明感があり、川は朝《あさ》陽《ひ》を受けてまぶしく光った。ピノッキオは一瞬《いっしゅん》、弓矢で射られたような感じで目を伏せた。光の当たらない木々の林のほうに目を向けると、そのすき間から野菜畑が見えた。畑では一人の老婆《ろうば》が朝陽の中で鍬《くわ》をふるっていた。

茶色の犬は老婆のところへ走っていった。老婆は犬に気を取られず、畑を耕していた。犬はしつこく彼女の周りをぐるぐると回り続けた。老婆はついに鍬を放し、腰を伸ばし、ピノッキオの姿を見出した。

「あんた、そこで何をしてるんだい？」

よく通る声だった。

「お墓を探してるんです。ここら辺にお墓はありませんか？」

「お墓？　誰の？」

「徐悲舟《じょひしゅう》さんです。」

「徐悲舟？　聞いたことないね。」

「そうですか。」

「探してみるなら墓場は教えてやるよ。」

「お願いします。」

「ついておいで。」

老婆《ろうば》は先に立って、すたすたと歩いていく。

畑の五、六反《たん》くらいに一つずつの割りで小屋があった。四本柱の藁《わら》屋根で、中には木製の大きな車輪があった。何に使うのだろう、ふしぎに思ってピノッキオは老婆に尋ねた。

「あれは何ですか？」

「あれかい、あれは水車だよ。」

「水車？　どうやって動かすんですか？」

「牛に牽《ひ》かせてぐるぐる回らせる。そうすると畑に水をやることになるんだよ。」

「なるほど！」

「お前さん、水車を見るのは初めてかい？」

初めてかと聞かれてピノッキオはとっさに記憶の回路がつながるのを感じた。

「いえ、似たものを見たことがあります。でも、すっかり忘れていたんです。」

「そうかい。それはよかったなあ。己《おれ》（＊老婆は自分のことを己と言った）などは昔のことはよく思い出すが今のことはすぐに忘れるよ。」

「それじゃぼくはお婆《ばあ》さんと同じってことですか！」

「そうかもしれんな。」

「ひどいです。ぼくはまだ若いんですよ。」

ピノッキオは口を尖《とが》らして文句を言った。老婆《ろうば》はつやつやした顔をほころばせ、アッハッハと大声で笑った。

それからしばらく歩いた後、

「ここらで一休みせんか？」

そう言って老婆は雑草の上に腰を下ろした。袋から何やら食べ物を出してピノッキオの前に並べた。

「どうだ、食べんかね？」

アヒルの卵にエビのゆでたもの。

「いただきます。」

ピノッキオはむしゃむしゃと食べた。

やがて二人は一本の大きな樹の下に着いた。樹の枝が傘のように広がっている。その下にたくさんの塚があった。土を饅頭《まんじゅう》のように小高く盛り上げて作った墓である。よく見ると、土饅頭のそばに細長い石を立てた墓標がある。法名か俗名が書いてあるのかもしれない。ピノッキオと老婆は一つ一つを見ていった。風雨にさらされ字の読めなくなっているのがほとんどだった。ふと墓石の根の方を見ると、赤茶けた土の上に小さな白スミレの花が一つ、ぽっかりとけなげに咲いていた。

「あっ、これは！」

老婆《ろうば》が声を上げた。ピノッキオが見ると、その墓標にはうっすらと徐悲舟《じょひしゅう》の文字が刻まれていた。仙女《せんにょ》様のお母さまのお墓をついに見つけた！　ピノッキオは小躍りしたい気分だった。ピノッキオは土饅頭《どまんじゅう》のそばに立って、いっしんにお祈りした。仙女様の分まで心をこめて丁寧にお祈りした。

「ちょっとこれを見て！」

老婆の指さす所を見ると、土饅頭の角が少し崩れ落ちて何か金属製の箱の一部が姿を見せていた。

「どうします？　土をかけますか？」

「いや、掘り出したほうがいい。」

ピノッキオは土饅頭の一角を手で丁寧に掘っていった。すると、菓子箱より少し小さい鉄製の小箱が姿を現した。鉄は古くなりいくらか錆《さ》びが出ていた。側面に留め金があり、しっかり閉じられていた。

「どうします？　開けますか？」

「いや、開けないほうがいい。」

「あったとおりに埋めておきますか？」

「いや、お前さんが持っていったほうがいい。ここに置いておけば誰かがまた

見つけることになる。縁もゆかりもない者の手に渡るよりお前さんが持っていけ。そのほうが死者も喜ぶだろう。」

そう説き伏せられてピノッキオは鉄の箱を持たされた。空はいつの間にか夕暮れとなり、家も山もすっかり薄闇《うすやみ》に包まれた。

「それじゃ己《おれ》は帰るから。お前さんも元気でな。」

そう言って老婆《ろうば》はピノッキオの手を取った。彼女の手のぬくもりが電流のようにピノッキオに伝わった。

老婆は山あいの村に向けて歩き出した。すると、どこかからまた、茶色の犬が飛び出してきて老婆のあとを追った。ピノッキオはしばらく見送った。それから紹興《しょうこう》の街中に戻った。

夕暮れの町を歩いていると、どこかから、こんな歌が聞こえてきた。

わが子恋し　や　ほうれ　ホーイ
わが妻恋し　や　ほうれ　ホーイ
月夜の原には　薄《すすき》の穂
薄ゆらゆら　白い手で招く
お星さん　お星さん
己《おれ》の妻子に　なっておくれ

澄み切った男の声だった。ピノッキオは声のした方へ歩いて行った。そこは陶磁器を造る作業場だった。土をひねっている人、轆轤《ろくろ》を回している人、へらで土を削っている人など十五、六人の人がいた。がらんとした寂しい場所だった。一メートル以上もある大きな轆轤を左回しで回している。自分の体を思いっきり外へ投げ出すような感じで回し始める。そして、自分のふところに近づくとぐっと引き寄せる。外へ投げ出すことから始めて、終わりにはぐっと引き寄せる、この回し方にピノッキオは何かを感じた。

ところで、ふしぎな歌は誰が歌っていたのだろう？　ピノッキオは作業場にいた一人の陶工に尋ねた。

「さあ、知らんね。ここでは皆、いろんな歌をめいめいが勝手に歌ってるからな。」

「こういう歌詞なんですが……。」

そう言ってピノッキオは歌を復誦した。しかし、そんな歌は知らない、とのことだった。ぼくの空耳だったのだろうか。狐狸《こり》にでも化かされたのだろうか。ともかく、ふしぎな気分のままピノッキオは紹興《しょうこう》の旅亭に入った。

その夜、ピノッキオは寧波《ニンポー》のヤン・ウェイに次のような手紙を書いた。

親愛なるウェイ

ぼくは今日、紹興《しょうこう》の農村でとても珍しいものを見ました。それは野菜作りのジャンジオの畑で見たビーンドロ（bindolo）そっくりでした。きみはビーンドロを見たことがありますか？　それは大きな水桶《みずおけ》から水をくみ上げる木の機械（＊水揚げポンプ）です。まさか中国でそれを見るなんて驚きです。中国では小さな藁《わら》屋根の中に水車があり、それにつながった長い棒を牛が牽《ひ》いてぐるぐる回っていました。イタリアではビーンドロを回すのはたいていロバです。ジャンジオの畑でビーンドロを回していたのは（ロバに変身した）ぼくの友だちの燈心《とうしん》です。かわいそうに燈心は腹が減ったのと働き過ぎとで、ついに死んでしまいました。そこで代わりにぼくがビーンドロを回すことになりました。ジャンジオは「バケツに百杯の水をくんだらミルクを一杯あげよう。」と言いました。ぼくはこの契約を承知しました。さっそく畑へ行きビーンドロの回し方を教わりました。それからすぐ、仕事を始めました。だが、バケツに十杯の水をくみあげないうちに足はふらふら、頭はかっか、額からは汗がぽたぽた……。やっと五十杯くみあげたとき、体は汗びっしょり。百杯くみあげたとき、一歩も動けず地面にぶっ倒れました。こんなきつい仕事をしたのは生まれて初めてでした。

中国でビーンドロに似たものを見て急に燈心《とうしん》やジェッペットのことを思い出しました。ジェッペットはぼくを育ててくれたイタリアのお父さんですが、ジェッペットはそのとき体の具合が悪かったのです。ビーンドロ回しで得たミルクを毎回、ジェッペットに飲ませ元気にすることができました。しかし、元気だったジェッペットもシチリアの大地震で仙女《せんにょ》様とともに死んでしまいました。

ところでヤン・ウェイ、喜んでください！ ついに仙女様のお母さんのお墓を見つけました！ 会稽山《かいけいざん》の麓《ふもと》にありました。徐悲舟《じょひしゅう》という名が刻まれていました。そして、なんと土饅頭《どまんじゅう》の一角から鉄の箱が見つかったのです。案内してくれた老婆《ろうば》が「持っていったほうがいい」と言うので持ち帰りました。中に何が入っているのかわかりません。きみに見せてからどうするか決めたいと思います。ぼくの予想では宝物か何か、大事なものが入っているのではないかと思います。今からわくわくします。

あっ、そうそう、ふしぎなことがありました。老婆《ろうば》と別れて紹興《しょうこう》の街中に戻ったとき、どこからか妙な歌が聞こえてきたのです。「わが子恋し　や　ほうれ　ホーイ」「わが妻恋し　や　ほうれ　ホーイ」と妻子を恋しがる男の歌でした。いったい、誰が歌っていたのかわかりません。

いろいろとりとめのないことを書いてすみません。

きみの近況を知らせてください。

それでは、おやすみなさい。


書き終えるとピノッキオは床に入り、すやすやと眠った。

一週間後、ヤン・ウェイから手紙が届いた。

親愛なるピノッキオ
ビーンドロは中国では水车《シュイシェ》（＊水車）といいます。私も農村で水车をよく見かけました。たいてい、牛が牽《ひ》いて回していました。あなたはビーンドロを回したそうですが、回したことがない私にも大変な仕事だということがよくわかりました。何も言わずに働いている牛やロバのことを思いました。

徐悲舟《じょひしゅう》さんのお墓が見つかってよかったですね。仙女《せんにょ》様もお喜びになられるでしょう。ところで、見つかった小箱ですが、いったい、何が入っているのでしょう？　とても気になります。悲舟さんのものか、仙女様のものか、何か形見の品が入っているのでしょうか？

ところで、突然ですが、私は近々、米国に留学します。朱先生のお勧めもあり米国の大学に入り文学の勉強をするのです。旅費や学費・生活費は呉惟《オウェイ》伸《シェン》先生が援助してくれます。しかし、滞在が長引けば自分で費用をかせぐつもりです。向こうに着いて一ヶ月ほどして入学試験を受けます。詳しいことはまた、会ったときに話します。

あなたはいつまで紹興《しょうこう》にいますか？　一度会いたいのです。近々、四峰山《しほうざん》に行きます。そのふもとに陶磁器の産地があります。あなたは陶磁器に関心があるようですから、この旅行は有意義になるかと思います。

お返事お待ちしております。

いつにない短い手紙なのでピノッキオは面食らった。ウェイも忙しいのだろうと思った。

第15章　思いがけない出会いと別れ

ピノッキオはウェイに手紙を書き、四峰山《しほうざん》に行く前、紹興《しょうこう》の街中にある庭園・瀋園《しんえん》で彼女と落ち合うことにした。ここは池や亭《あずまや》があり実に美しい庭園だった。

ぽつぽつと薄紅色の花が咲き出した桃の木を見ていると、ウェイがやってきた。

「やあ、久しぶり！」

「元気そうね。」

しばらく会わなかったウェイはいくらかほっそりとし、身長が伸びたように見えた。顔は引き締まり知的な印象を与えた。笑うとえくぼができるのは昔のままで、それが童顔のような若さを表していた。

何度か手紙をやり取りしていたので、会って特に話さなければならないという話題もなかった。いや、本当は留学のことを真っ先に話題にしたいのだが、それを出すのをピノッキオはためらっていた。

「会稽山《かいけいざん》に行ったのよね。」

「ああ、行ったよ。」

「どんな山だった？」

「あれっ？　きみ、行ったことないの？」

「行ったことあるわ。でも昔、二度くらい行っただけかな。」

「高くない山だね。」

「だいたい三百メートルくらいかな。登ったの？」

「いや、登らなかった。麓《ふもと》をうろついただけ。」

「あら、惜しいこと！」

「どうして？」

「だって会稽山は有名な山よ。」

「少しは知ってる。昔、戦があったんでしょう？」

「この辺を治めていた越《えつ》という国が蘇州《そしゅう》を都とする呉《ご》と戦をしたのよ。越王勾《こう》践《せん》が呉軍に負け、わずかの兵を連れて逃げたのが会稽山。」

「そんな話、どこかで聞いたことがある。」

「それじゃあ、この話の続きを知ってる？」

「いや、知らない。勾践がどうかするの？」

「勾践は呉軍に囲まれ、どうしようかと考えた。部下に范蠡《はんれい》というすぐれ者がいた。范蠡《はんれい》が言うには『今ここで戦って死ぬのは簡単です。しかし死ねばそれまでです。ここは恥を忍んで自国の再興を考えたらどうでしょうか。』と。勾《こう》践《せん》は范蠡の言を聞き入れて国を捨て、呉《ご》王の臣になるという条件で降伏を願い出た。呉王夫差《ふさ》は勝者としての心の広さを示し勾践の願いを聞き入れ、彼を許した。勾践はそれから常に自分の傍に胆《きも》を備え、事あるごとにそれを嘗《な》め、会《かい》稽山《けいざん》で受けた屈辱を思い出した。そして数々の苦難に耐え、ついに呉を打ち負かした。」

「なあーんだ、ラップレサーリア（rappresaglia）の話なんだ。」

「何、ラップレサーリアって？」

「報復ってこと。ところで、胆って嘗めると、どんな味なのかな？」

「嘗めたことがないからわからないわ。何だか苦いそうよ。ミンだったらわかるかもしれないけど……。」

「えっ、ミンさん！　ミンさんはどうしているだろう？」

ウェイがたまたま、ルアン・ミンの名を口にしたので、ピノッキオは急にミンに会いたくなった。

「相変わらず南京《ナンキン》の郊外で豚の料理と薬草作りに励んでいるでしょうよ。」

「そうかなあ。ぼくはミンさんはこっちへ向かっているような気がするんだけれど……。」

「どうして?」

「だって、きみはもうじき米国へ行くんだ。友だちだったらきっと会いに来るよ。」

「そうかなあ。だったらうれしいんだけれど。」

ウェイはベンチに腰掛けたまま、じっと遠くを見つめた。一陣の風がさあーっと吹いて来てウェイの長い髪を揺らした。

「浮かぬ顔してどうしたの? ご両人!」

後ろから不意に声をかけられ二人はぎょっとして振り向いた。そこにはニコニコとほほえむ懐かしい顔があった。

「あっ!」

「まさか私の顔を忘れたわけじゃ……。」

懐かしいルアン・ミンがそこに立っていた。三人は手を取り合って再会を喜んだ。笑顔《えがお》がほころんで涙がぽたぽたとあふれ出た。

「よく来られました。ミンさん、ありがとう。」

ピノッキオがそう言うと、ミンは涙を手で拭《ふ》きながら、

「あなたが手紙で教えてくれたからです。この人ったらまったく薄情なんだから。米国行きのことなどこれっぽっちも知らせてくれないんだから……。」

と、後は言葉が続かない。

「あれこれ心配すると思ったからよ。向こうに着いたら手紙を出すつもりだったの。ごめんなさい。」

母に叱《しか》られた幼子のようにウェイはぺこりと頭を下げた。

「いいのよ。私も忙しさにかまけて音信不通でごめんなさいね。あれからいろんなことがあったもんだから。」

ミンは空の遠くを見つめながら、そう言った。

ピノッキオはまるで姉妹のような二人をうらやましく思った。

それから三人は瀋園《しんえん》近くの旅亭に行った。三人はここで一泊することにした。ミンとウェイは積もる話があるようで、先ほどのしんみりした調子はどこへ行ったやら、ペチャクチャ、キャッキャッと話し続けている。おまけに彼女らは紹興酒《しょうこうしゅ》まで飲んでいる。いつ果てるとも知れぬ話の邪魔《じゃま》をしてはならぬとピノッキオはしばらく旅亭を出て紹興の夜の街を散歩しようとした。すると、

「ちょっとここへ座りなさいよ。」

と呼び止められた。呼び止めたのはミンだった。

「ウェイが米国へ行ったら、あなた、どうするの？」

「別に、どうもしませんよ。」

「どうもしないって、それ何？　追いかけて行くとかしないわけ？」

「しません。まずいですか？」

「まずいもまずくないもないでしょ！　変なのね、あなたたち！　いったい、どうなってるの？」

憮然《ぶぜん》としてミンはウェイを睨《にら》む。

「私は米国で文学の勉強をするわ。この人のことは別に聞いていないけど…。」

ウェイはグラスを置くと、あっさりと言った。

「よく知らないけれど文学の勉強って米国じゃないとできないわけ？」

「朱先生の話だと、これからの小説はただおもしろい話やありそうもない話を頭でこねあげて作るのじゃなくて社会の様子や事件を調べて事実に即して構成的に作るんですって。政治や経済の知識はもちろんのこと、心理学や社会学の知識が必要になるの。それで大学に入って勉強するの。」

「そんな頭でっかちの小説を作って、はたして読んでくれる人がいるの？　第一、小説って商売になるの？」

「商売になるかどうか、やってみないとわからないわ。今は挑戦してみたいの。」

「そりゃ、気持ちはわかるけど心配なのよ。もしあなたが壁にぶつかって悩んでいたり、病気になって臥《ふ》せっていたりしても、米国じゃね、すぐに行けないのよ。せめて朝鮮や日本ならどうにか行けるのだけれど。」

二人の会話を聞いていたピノッキオが、やっと口を開いた。

「ぼくもミンさんと同じで心配です。でも、ウェイは行くでしょう。ウェイは米国からミンさんにたくさん手紙を書いてほしい。ミンさんのことを忘れないで！」

「わかったわ。」

ウェイは承知した。それから三人は部屋に入って眠った。

翌朝、旅亭の食堂で食事をしたとき、ミンさんはウェイとピノッキオを前にこう言った。

「この国では昔から薬食同源《やくしょくどうげん》って言うわ。薬も食べ物ももとは同じってこと。だから、あなたたち、どこにいても食べ物には注意してね。おいしいだけでなく栄養の配合を考えて食べるのよ。そうすれば薬を飲むのと同じことで、それだけで心身すこやかに過ごせるんだから。」

「ありがとうございます。ウェイへの何よりのはなむけです。」

「そう、この人はね、つい仕事に夢中になって食べることを後回しにするのよ。」

「はい、注意します。」

ウェイは素直に頭を下げた。ミンさんは小さな袋をウェイに渡しながら、

「これは胃薬よ。私の庭の薬草で作ったの。これのお世話にならないよう、ふだんの食事に気をつけてね。」

と言った。

ピノッキオにはやや大きめの袋を渡しながら、

「お腹《なか》がすいたからといってむやみに何本も食べちゃ駄目《だめ》よ。顔や手足にいっぱい吹き出物ができるからね。」

「中身は何ですか？」

「あててごらん。」

「さあ、何かなあ？」

「豚肉ソーセージじゃない？」

ウェイが言った。

「そのとおり！」

「それはありがとうございます。」

そうこうしているうちに別れのときが迫ってきた。

「見送りに行けないけど、ごめんなさいね。向こうに着いたら必ず手紙をよこすのよ。そうでないと夢の中に現れてあなたの顔をつねるからね。」

「おお、怖い！　怖い！」

ウェイはおどけながら笑っている。

「あなたは送っていくのよ。」

「はい、わかっています。」

ピノッキオは神妙な顔をして答えた。

「あなたたちのことは前から気になっているのよ。好い情侶《チンルー》（＊カップル）だと思うわ。」

「友だちよ、あなたを入れて三人の。」

ウェイが言った。

「友だちもいいけど、あなたたちはもっと深くつき合える仲だと思うのよ。私に気を使わなくてもいいのよ。南京《ナンキン》に戻れば大事な人が待っているんだから。」

「あら、それはごちそうさま！」

「張坤正《ちょうこんせい》さんですか？」

ピノッキオが尋ねた。

「そうよ。」

ミンさんの頬《ほお》が紅《あか》くなった。

「あなた、小説を書くんだから、自分のことをロマンチックに動かしなさいよ。」

「さあ、どうかしら？」

ウェイは醒《さ》めた受け応《こた》えをする。

「ミンさん、そろそろ馬車が来ますよ、急がないと。」

そう言ってピノッキオはミンの荷物を持って、帰りを促した。ミンは馬車に乗って座席に腰を下ろした。ウェイとピノッキオは馬車が米粒くらいになるまで見送っていた。

第16章　陶磁器に魅せられて

次の日、ウェイとピノッキオは四峰山《しほうざん》に向けて出発した。途中、馬車の中でピノッキオが言った。

「きみがこの前話してくれた会稽山《かいけいざん》のことなんだけれど、いくつか気になることがあるんだ。」

「あら、どんなこと?」

ウェイはくりくりした大きな目をぱっと見開いてピノッキオを見た。

「勾践《こうせん》は范蠡《はんれい》の助言を聞き入れて夫差《ふさ》に降伏したよね。」

「そうよ。」

「その時の降伏の条件が何もなかったのだろうかということ。」

「ちょっとよくわからないんだけれど、もう少し説明してくれる。」

「夫差は寛大な心で勾践を許したときみは言ったけれど、自分の国を捨て自分が敵国の臣になるだけですんだのか疑問に思ったんだ。」

「ふうーん。それで、どうしたの？」

「調べてみたんだ、いろいろと。」

「それで、どんなことがわかったの？」

「勾践《こうせん》は夫差《ふさ》に山のような財宝と美女五十人を献じたそうだ。」

「あら、そうだったの！　知らなかったわ。」

ウェイは小学校の先生のように目を輝かせた。ピノッキオはうれしくなって話を続けた。

「美女五十人の中に絶世の美女といわれる西施《せいし》がいた。彼女は紹興《しょうこう》の田舎にあった豆腐屋さんの娘。『豆腐を食べる』は西施のように美しくなりたいという意味だし、『ひそみにならう』は西施のように眉《まゆ》を寄せ顔をしかめることだそうだ。眉を寄せ顔をしかめるってのは美人に近づく一歩なの？」

「さて、どうかな？　西施のような美人がやったから美しく見えたってことじゃないの。」

「きみはやらないの？」

「やらないわね。ところで、あなたの気になることって西施のことだったの？」

「いや、ぼくが気になったのは勾践の部下、范蠡《はんれい》のことなんだ。范蠡は勾践にいろいろ助言し、ついに夫差に報復する、その立役者だ。彼は越《えつ》の力を盛り返し呉《ご》を打ち負かす手柄のあった人物だが、やり方があくどい。」

「美女五十人を献じたこと？」

「それもあるが、西施《せいし》にちゃんと任務を与えていたことだ。」

「どんな任務を与えていたの？」

「夫差《ふさ》に莫大な浪費をさせることと、もう一つ、夫差とその重臣伍子胥《ごししょ》との仲を悪くさせること。」

「それじゃ西施は范蠡《はんれい》が呉に送り込んだスパイね。」

「いや、スパイというより工作員だ。」

「呉《ご》という国は范蠡の送った工作員西施によって内側から崩れていったんだ。」

「そうだったの！」

「恐ろしいなあ！」

「西施はその後、どうなったのかしら？」

「彼女は任務を果たし夫差が倒れると、迎えに来た范蠡に連れられ運河で太湖《たいこ》に向かう。その後は知らない。」

「へえっ！　范蠡は西施を救いにいったの！　彼女を呉に送り込むとき約束したのかしら？　いつか迎えにいくからって。」

「さあ、それはわからない。」

ピノッキオは范蠡という人物がわからなくなった。いま少し前はあくどいやり方をするいやなやつだと思っていたが、西施を救い出すという話をウェイにしたらまた、気持ちが揺らぎだした。ともかくふしぎな人物だ。

そうこうしているうちに馬車は四峰山《しほうざん》手前の陶磁器町に着いた。近くに上林《シャンリン》湖《フー》というひょうたん型の小さな湖がある。この町は陶磁器町といっても、ずいぶん昔に栄えた陶磁器の町で、今は廃《すた》れてしまい陶磁器を作っているのはごくわずかである。ささやかな資料館があって昔の陶磁器作品を陳列している。資料館の前で、

「それじゃ奥で待ってるから。」

そう言ってウェイはすたすたと中へ入っていった。ピノッキオはゆっくりと順々に見ていくことにした。

にこにこと笑みを浮かべた背の高い、中年女性の案内人が傍にやってきて、

「いらっしゃいませ。こちらからどうぞ。」

と言った。ガラスケースの中に小さなコップのような焼き物があった。

「これは小盃《しょうはい》です。いろんな色が使ってあってきれいでしょう。また、ブドウの絵がすばらしいでしょう。」

ブドウの葉、つる、実の房になったのが描いてある。そしてブドウをはさんで上部と下部にそれぞれ青い二本の線が描かれている。また、よく見るとブドウの葉、つる、実の房も青い線で輪郭《りんかく》をとった跡が残っている。

「たしかにきれいですね。この盃《さかずき》はどのようにして作られたのですか?」

「これはまず絵の具の青を使って輪郭《りんかく》を描き一度焼き付けました。それから、その絵をさらに黄・緑・茶などの色釉《しきゆう》で塗りつぶし低い温度で焼き付けました。つまり、釉《うわぐすり》を塗る前に一度焼き、釉を塗った後にもう一度焼いたのです。」

「ずいぶん手が込んでいますね。」

「はい、それはもう、中国の陶芸の技術は卓越しています。」

たしかに釉上の色絵と釉下の青線がよく調和して実に趣き深いものになっている。

「このような焼き物を今も作っているんですか？」

「いいえ、今はもう作っていません。」

「残念だなあ。どうしてですか？　人気がなかったんですか？」

「いいえ、人気はありました。白磁や青磁を見慣れた人には新鮮なものの出現でしたから。」

「どんなふうに新鮮だったんですか？」

「白磁や青磁はたくさんの色彩を使わないのであっさりしてるんです。」

ピノッキオは白磁や青磁のことをよく知らなかった。宜興《ぎこう》の作業場で葉麗《イエリー》さんからそれらについて聞いたことはあるが、じっさいこの目ではっきりと見たことがなかった。

「白磁や青磁はこの資料館にありますか？」

「白磁はありませんが青磁はあります。」

「どこに?」

「先ほど、お連れのかたが入っていかれた奥の部屋です。」

「それじゃ後で見せてもらいます。」

「このブドウ模様の小盃《しょうはい》は、豆彩《とうさい》と言いまして豆粒ほどの小さな焼き物という意味です。この時代の焼き物はこうした小品が多いのです。そして先ほどお話ししましたように青絵の具で模様や輪郭《りんかく》を描いてその上に釉《うわぐすり》をかけて焼き上げた後、五色の色釉で模様を塗りつぶし低い温度で焼き付けます。ですから出来上がった作品はいろんな色彩が競い合い、闘っているように見えます。それで豆彩のことを一名、闘彩《とうさい》とも言います。」

「五色とはどんな色をいうのですか?」

「青・赤・黄・緑、それに紫です。紫の代わりに黒をあげることもあります。」

「他の色は使わないのですか?」

「そんなことはありません。茶や紅(＊濃《こ》い赤色)も使います。しかし基本は先ほどあげた五色です。」

「どうもありがとうございました。たいへんよくわかりました。」

「どういたしまして。」

それからピノッキオは次の部屋に入った。ここには案内人はいない。この部屋は人間や動物の焼き物、いわゆる置物ばかりが展示してある。彼は一つ一つを興味深く見て行った。最初に引きつけられたのは二人の子どもが協力して大きな桃をかかえ上げている焼き物だった。「双童抬桃」という題名がついている。元気な子どもの姿がこちらにまでのり移ってきそうだ。着ている黄色の服がかわいらしい。薄紅色の桃の巨大さと、かかえあげている二人の子どもの小ささがよく調和している。

次に見たのは五人の子どもたちに囲まれ胡坐《あぐら》をかいているお坊さん。案内板には「彌勒《みろく》」と書いてある。インドか中国に実在したお坊さんだが、彌勒菩薩《ぼさつ》の化身《けしん》と思われるくらい、人の運命や天候についての予知能力があったという。福々しい円満の相をしている。

次に赤い色の衣をまとい左手に干し草をかき集めるときに使うピッチフォーク（pitchfork）のようなものを持った神様。案内板には「財神《ざいじん》」と書いてある。お腹《なか》を突き出しているのは彌勒さんと同じである。福々しい顔、にこやかな顔は誰しもが望むものなのだろう。でっぷりとしたお腹も幸福の象徴なのかもしれない。

また、桃を手にした老仙人《ろうせんにん》の置物があった。上品な、感じの好《よ》いものである。物語の世界から飛び出してきたように見える。物語といえば、この国には『西遊記』がある。ピノッキオは中国へ来てから少しそれを読んだ。その中に人参《にんじん》果《か》のことが出ていた。人間の赤ん坊くらいの大きさがあり、風が吹いていると き、その木の下に立って見上げると、赤ん坊が手足を振り頭を動かし何かものを言っているように見えるのだという。ピノッキオはこの人参果《にんじんか》は大きな桃のことだろうと思った。また、同じ『西遊記』に蟠桃《ばんとう》という桃が出てくる。これは神々の棲《す》む天界で栽培していて、食べると千年万年生きるという。孫悟空《そんごくう》が天界の果樹園でそれをむしゃむしゃと食べる、神々の許しもなく。仙果は神々にのみ許された食べ物なのにそれを平気で食べた孫悟空は当然のごとく罰せられる。ふしぎな話だがピノッキオはなぜ桃なのだろうかと気になった。先ほど見た「双童拾桃」の置物にしてもこの老人の置物にしても、かかえ上げていたり手に持っていたりするのは桃である。これには何かあるに違いないとピノッキオは考えた。

ピノッキオはかつて上海《シャンハイ》と天津《テンシン》で食べた桃を思い出した。どちらも大きな桃だった。やや正確に言うと天津のほうが大きい。上海のは楕円形《だえんけい》に近く天津のは尖《とが》った円形。果汁は上海のほうが豊富で、かつ、果肉に甘みがある。天津のは果汁少なく果肉はすっぱくてやや渋みを感じた。天津のは砂糖、牛乳をかけて食べたらうまかった。日持ちがするのは天津のほうだ。上海のは皮が薄く、ナイフを使わないでも指で剥《む》くことができた。

せっかく陶磁器を見に来たのに食べ物のことを思い出して、いったい自分はどうしたんだろうと少し恥ずかしい気がしてピノッキオは最後の部屋に入った。そこは薄暗く幻想的な雰囲気が漂っていた。案内人はいない。熱心に陳列棚を見ている人がいた。ウェイだった。棚のそばに木の看板が掲げてある。「越碗《えつわん》蜀茗《しょくみょう》を盛りて新し」と書いてある。意味がわからないのでウェイに尋ねた。

「これ、どういうこと？」

「越の国で作った茶碗に蜀でとれたお茶をいれて飲むと格別の趣があるってこと。」

「なるほど！　ところで、お茶に合う茶碗ってどんなの？」

「ここに並んでいる青磁《せいじ》よ。」

ピノッキオはウェイの指差《ゆびさ》した茶碗を見た。それらは緑がかった青、黄みをおびた青、白色がかった緑などなかなか形容しがたいものだったが、コバルトブルーの色は何だか仙女《せんにょ》様の髪の毛の色に似ていると思った。これら青磁の色は深遠で、引かれるものがあったが、模様や絵が描かれていないのがピノッキオには物足りない感じがした。

「きみ、これがおもしろいの？」

「おもしろいというか、見ているとだんだん引き込まれていくのよ。」

「きみ、お茶に詳しいの？」

「特に詳しいわけじゃないわ。」

「ぼくにはこれよりも人形の焼き物のほうがおもしろい。」

「人にはそれぞれ好みがあるから。」

「あっ、ごめん。そんなつもりで言ったんじゃないんだ。きみが青磁《せいじ》にどうして引かれるのか知りたかっただけなんだ。」

「私は今作られている陶磁器に関心はないの。古い時代の陶磁器、特に古い青磁に関心があるの。」

「それには何かわけがあるの？」

「わけってあるのかなあ？　よくわからないんだけど、今作られている陶磁器はどれを見ても引かれないのよ。これでもかこれでもか、と作り手の意図が前面に出すぎているわ。」

「それが駄目《だめ》なの？」

「駄目っていうか、見る私の心が入り込めないの。」

「見る人は作り手の意図に導かれて楽しませてもらうんじゃないのかな？」

「そうかしら？　見る人はそんなに受け身だと思わないわ。見る人って案外、能動的だし主体的だと思うんだけど。」

「きみの考えだと作り手があれこれ技巧やサービスを施さないのが好《よ》い作品ということになるのかな？」

「そうかもしれないわね。」

「それだと新しい時代の人は作品を作っていくことができないいんじゃないのかな。」

「どうして？」

「だって、時代や社会が新しくなればなるほど作り手の技巧やサービスは度を増していくでしょう。そうすればきみが好《よ》いと思う作品は生み出されないのじゃないかな？」

「そうかしら？　今の陶磁器は少し後戻りして古いものに学ぶ必要があると思うの。あまりにも技巧やサービスが過剰《かじょう》になって、かえってつまらない作品になってしまった。しかし、それだからといって、古いものの模造品を作っていればいいということではない。古いものに学びつつ、やはり、それまでになかった新しいものを生み出していかなければと思う。あなたが先ほど見てきた人形の焼き物にしてもそうでしょう？」

「えっ！　人形の焼き物はすべて型があってそれにあてはめて作っているんじゃないの？」

「職人の誰かが型を作る。それから別の職人が大勢でその型をあてはめて複製品を作る。しかし、最初に型を作る人は大変な苦労をする。私はその人の苦労が気になるの。」

「苦労が気になる？」

「その人は四六時中、どんな作品を作ろうかと考えているでしょう。新しいものばかりを見ているわけでなく古いものも見ているでしょう。本や雑誌、それから実物など、いろんなものを見て勉強していると思うわ。」

「きみが古い青磁《せいじ》に興味を持つわけがいくらかわかった。ところで、きみはここにある古い青磁を作った人のことをどんなふうに考えているの？」

「いきなり、そう言われても困るけれど私はここにある青磁を見て何か、ある心を感じた。」

「どんな心を？」

「静かな心！　今作られている陶磁器のようなけばけばしさ、どぎつさ、さわがしさなどと正反対のもの。見る人の心をどうしても捉《とら》えてみせるというがむしゃらなところや肩肘《かたひじ》張ったところがないのよ。」

「それはこれらの青磁が作られた時代と何か関係があるの？」

「青磁が作られた時代は戦争などもなく比較的《ひかくてき》、安定した時代だった。外からはいくらか押され気味だったけれど国の内部では落ち着いていた。人々は平和を楽しんでいたわ。」

「国が平和だと、どうして静かな落ち着いた感じの陶磁器ができるの？」

「人々が充分に休養できたからじゃないかしら。帝王が戦争だ大工事だといって人々を動かしていたら、彼らはくたびれて穏やかな気持ちになれなかったでしょうから。」

「なるほど。でも、庶民はいつの時代も帝王にこき使われて充分な休養などできなかったんじゃないの？」

「たしかに休養がとれて余裕のある生活を楽しめたのは、いつの世も貴族やお金持ちだったわ。でも、これらの青磁が作られた時代は、華やかとまではいかないけれど、庶民の生活水準は向上していた。そして、それまで下層にいた人人が上層の者の地位や権力をおびやかすほどに上昇していたの。」

「下からの上昇があったのに、他を押しのけようとするどぎつさやがむしゃらさがなかったの？　ふしぎだなあ？」

「自分だけ良ければいいという利己主義が強くなっていなかったの。みんなで助け合い支え合いながら、みんなで生活を向上させていこうとする人々だった。」

「ああ、好《よ》い時代の人々だなあ！　そんな時代に生まれたかった！」

「それは無理ね、残念だけれど。」

そう言ってウェイはまた、青磁《せいじ》を見つめた。ピノッキオは資料館の外の窯跡《かまあと》に目を向けた。焼き損じの陶磁片や窯で使われた道具の破片があちこちに散らばっていた。

資料館を出てピノッキオは何気なく地平線の彼方を見た。赤い星が一つ出ていた。

「あっ、星だ！」

「何？」

ウェイはくりくりした目でそれを見た。

「ずいぶん低いところに出ているね。珍しい星だ。」

「寿星《じゅせい》（＊竜骨座のアルファ星カノープス）かしら。」

「寿星って？」

「おめでたい星のこと。」

「おめでたい星？」

「見ると寿命が延びるんですって。」

「ほう、そうなんだ！」

「赤く光ってるでしょう？」

「うん、たしかに他の星は白いのにあれは赤い。」

「中国で赤はおめでたい色よ。よいことの前兆とされるわ。人々は天下国家に安泰をもたらすしるしとして寿星の現れるのを待ち望んだの。また、長寿をもたらす星としても喜ばれるわ。」

「あれはどうして赤いんだろう？」

「さあ、どうかしら？」

「また始まった、ぼくの悪い癖が。」
ピノッキオは自分の詮索《せんさく》好《ず》きに苦笑いした。
「夕日も赤く見えるじゃない？　あれと似てるんじゃないのかな。」
ウェイがそう言った。彼女からヒントをもらって考えたが、ピノッキオには
どうしてもよくわからなかった。おめでたい星はおめでたい星でいいと思った。
お化けだと思って恐がっていたものが実は枯れ木だったと後で知ってがっかり
する、そのようなことがこの寿星《じゅせい》にもあるのかもしれないが、ピノッキオはも
うこれ以上考えないことにした。見るとおめでたい気分になれる、そういうも
のがこの世界にもっとたくさんあってもいい、そう思った。
それから二人はこの陶磁器町の旅亭で泊まることにした。四峰山《しほうざん》には明日、
登ることにした。ピノッキオはその夜、夢を見た。夢には懐かしいベアトリー
チェが葉麗《イエリー》さんの服を着て現れた。
「あれっ！　きみ、よく来たね！　イタリアじゃなかったの？」
「はい、私はどこへでも行くことができますから。お元気そうですね。」
「ありがとう。おかげさまで、中国へ来てから風邪《かぜ》一つ引いたことがないよ。
ところで、ふしぎな箱を見つけたんだ。」
「はい、よく存じております。」
「中に何が入っているの？」

「さあ、それは申し上げられません。」

「教えてよ、頼む！　お願い！」

「あなたご自身で当ててみてください。」

「そんなこと言われても困るよ。何かヒントを出してくれない？」

「あなたが夢中になっているものです。」

「夢中になっているもの？　そんなの、たくさんありすぎてわからないよ。」

「それは困りましたね。でも、よくお考えください。」

ピノッキオは自分の欲しいものをいろいろと思い浮かべた。食べ物ではない、着る物ではない。絵だろうか？　自分が欲しいのは悲鵬《ひほう》さんの描いた馬の絵だが、それがあんなに小さな箱の中にはたして入っているだろうか？　また、陶磁器のおもしろい人形も欲しいが、それもはたしてあの箱に収まるだろうか？もしあの箱に収まるとしたら、やはり、小盃《しょうはい》だろう。ブドウ模様の小盃が入っていたら、ぼくは何度も飛び上がって大喜びするだろうなあ。

ピノッキオの想像はどんどん広がっていった。やがて、それを押《お》し止《とど》めるようにしてベアトリーチェが言った。

「今日はいろいろと忙しいので私はこれで失礼いたします。」

「あっ、ちょっと待って！」

呼び止めるピノッキオの声にも振り向かずベアトリーチェは、壁の向こうにすうっと消えた。

第17章　四峰山《しほうざん》で

ウェイの今回の小さな旅の目的は古い青磁を見ることであって、その大半はすんだが、彼女は四峰山にどうしても登りたいと言った。そんなウェイに誘われてピノッキオも一緒に登ることになった。

四峰山は何の変哲もない山だった。高からず低からず、しかも、登るのに苦労しないなだらかな山だった。それにしても岩石が多く土膚《つちはだ》のあまり見られない、砂漠の中で突如出現する山のようだった。しかし、だんだん登っていくと、ふしぎなことに緑の草木が青々として、それまでとは打って変わったような湿地にぶつかった。そして、ガジュマルに似た大きな樹《き》の下に数十の墓石が並んでいた。墓場なのである。墓場の向こうは崖《がけ》で、崖は苔《こけ》でおおわれシダが生い茂っていた。崖の向こうには海があった。しかし寧波《ニンポー》の港はずっと先で、ここからはその片鱗《へんりん》も見えなかった。

「少し休憩しない？」

「ああ、そうしよう。疲れたからね。」

ピノッキオはそう言って水筒を取り出した。ごくんと一口飲むと、清涼な水が渇いた咽喉《のど》をするすると通過していった。

「君は飲まないのかい？」

「うん、私はいいの。ちょっと小用がしたいの。」

小用と聞いてピノッキオはぎくりとした。ここは旅亭ではない、トイレなどどこにもない、いったいどこで小用を……とピノッキオは吾が事のように悩んだ。

「きみ、大丈夫かい？」

馬鹿《ばか》なことを言っているなと自分でも思ったがピノッキオはあわてて、そう言った。

「大丈夫！　お産をするわけじゃないんだから。」

ウェイはえくぼを見せて微笑《ほほえ》んだ。そして、すたすたと墓場を越え大樹の向こうの草原へと歩いて行った。やがて草原の茂みにすっぽりと姿を隠した。ピノッキオは反対側を向き崖《がけ》の彼方《かなた》を眺めた。辺りは静かで放尿《ほうにょう》の音だけが聞こえた。だいぶ我慢していたらしく尿は初め勢いよく飛び出し、しばらく続いた。おしっこが草にぶつかる音がしばらく続いた。

ウェイは大きな咳払《せきばら》いをしながら戻ってきた。

「あのね、私、子どもの頃、墓場で勉強したのよ。」

「えっ！　どういうこと？」

「私が三つの時、お母さんが亡《な》くなったの。父は物心がつくようになった私をよくお墓へ連れていったの。そして、母のお墓の文字を使って私に文字を覚えさせた。」

「ずいぶん妙な教え方だね。」

「父はお墓の文字を一つ一つ指で指し、漢字の発音を教えたわ。母の名は湯荷《タンハー》娟《ジュアン》（＊ウェイの姓《せい》は楊《ヤン》だが、これは父方の姓を継いだため。中国では結婚《けっこん》しても姓は変わらないから母の姓は湯《タン》のまま。）というの。タン・ハー・ジュアン、タン・ハー・ジュアンと何度も発音したわ。」

「ぼくはABC《アビチ》を学校で教わった、墓場でなくてね。でも、読本の教科書をすぐに売っちゃった。」

「どうしてまた、そんなことをしたの？」

「町にやってきた人形芝居を見るのにお金が欲しかったのさ。」

「それじゃ学校で勉強ができないでしょう？」

「当然さ。でもね、それよりジェッペットに申し訳なくて。」

「いったい、どうしたの？」

「ジェッペットはぼくを育ててくれたお父さんみたいな人なんだ。ジェッペットは自分の上着を売って読本を買ってくれたんだ。それなのにぼくは自分の遊びのためにそれを売ってしまったんだ。」

「いけない人ね。」

「そう、いけない人だ。悪いやつなんだ！」

ピノッキオはぼうっとした表情で遠くを眺めた。今にも崖《がけ》の向こうからシャツ一枚のジェッペットが寒さにふるえながら歩いてくる、そんな気がした。

「ところで、例の箱、持ってる？」

「ああ、持ってる。出すよ。」

ピノッキオは我に返り、リュックの中に手を入れた。鉄でおおわれているが縦横十二、三センチ、高さもそれくらいの小さな箱だった。

「何が入ってるのだろう？　わくわくするね。」

「開けてみたら？」

ウェイが言った。ピノッキオは心がどきどきした。ブルブルふるえる手で箱の留め金をさわった。カチャカチャと金属のふれあう音がした。ウェイがじっと見ているので緊張して手が思うように動かない。鍵はかかっていない。だが、いくらか錆《さ》びているのでなかなか留め金がはずせない。思い切ってぐっと力を入れた。ギーという鈍い音がして、やっとふたが開いた。中を見てびっくりした。何と！　中は空っぽだった。ピノッキオは呆然《ぼうぜん》とした。急に体じゅうの力がぬけていった。立っていられなくなり、へなへなと地面に座り込んだ。

「なぜなんだ！　なぜ空っぽなんだ！」

口惜しい気持ちが次々に湧き上がってきた。怒りの気持ちでいっぱいになった。ピノッキオは幼子のように地団駄《じだんだ》を踏んだ。

「何が入っていると思ったの？」

ウェイが落ち着いた声で尋《たず》ねた。ピノッキオはとっさにこう答えた。

「悲舟《ひしゅう》さんの形見の品。」

自分でもふしぎと感じられるような模範的な答えだった。

「例えば？」

「悲舟さんが愛用していた日用品、または彼女の作った小さな陶磁器とか。きみは何も考えなかったの？」

ピノッキオは自分が欲しいと思っていたものをさとられないようにと用心して、こう答えた。やはり、自分が欲しいと思っていたものをあからさまに言うのは恥ずかしかった。

「考えたわ。」

「何を？」

「則林さん（＊仙女様《せんにょ》の名前。悲舟の娘）にあてた手紙とか。」

「なるほど。」

「でもね、私、途中から、それらを考えるのをやめたの。」

「どうして?」

「それってみな、私たちが希望していたものだわ。あなたも私もこの箱の中に入っていてほしいと願っていたものでしょう。」

「そうだよ。誰だってそう願うものだ。」

ピノッキオは自分でウソをついていると思った。でも、もう引き返せない。

「でもね、希望はあくまでも希望であって希望どおりにはならないわ。願い事はいつもかなうって決まっていないわ。」

「そんなことわかってるよ。きみって意外に悲観的なんだね。」

「悲観的というより現実的なのかな。あなた、悲舟《ひしゅう》さんのお墓を見つけてその前でお祈りしたって言ってたわよね。そのとき、お墓の前で涙を流した?」

「いや、涙は流さなかった。悲舟さんの冥福《めいふく》を祈ったけれどね。」

「あなた、自分のお母さんのお墓も探しているって言ってたわよね。」

「ああ、言ったよ。」

「探せたらどうするの? やはり、冥福を祈るの?」

「ああ、そうするつもりだよ。」

「お墓の中にお母さんがいると思う?」

「さあ、どうだろう? いるとも思うし、いないとも思う。よくわからないよ。」

「私はいないと思う。」

「それじゃ、生きているって言うのかい？」

「生きているってことをどう考えるか、それによって違うと思うんだけれど、あなたのお母さんは少なくともお墓の中にはいないと私は考えるの。」

「それじゃ、どこにいるの？」

「あそこ！」

ウェイは空の一角を指さした。そこには今まで見たこともない美しい虹《にじ》があった。

「あれっ！　いつの間にあのようなものが……。」

ピノッキオは絶句した。

「私、魔法《まほう》を使ったんじゃないわよ。」

ウェイはそう言って、いたずらっぽく笑った。

ピノッキオは一瞬《いっしゅん》、こう考えた。ウェイの言うように、もしかしたら自分の母はあの虹になっているのかもしれない。そして、今ついたぼくのウソを見破っているのかもしれない。そうだとすると、ぼく、恥ずかしいなあ！　また、お母さんは時には大空に浮かぶ白い雲になっているのかもしれない。そうだとしたら、ぼくは寂しいとき、雲に向かって大声で叫ぼう！「お母さん、元気ですか？」って。

また、お母さんは時には雨になったり風になったりしているのかもしれない。そうだとしたら、雨は冷たくないし風だって恐くない。雨の日だって楽しくなるし、風の日だって嫌じゃないよ。いずれにしても、ぼくのお母さんはお墓の中にはいないのではないだろうか。虹《にじ》になったり雲になったり、また、時には雨になったり雲になったりしてぼくを見ているのだろう。しかしピノッキオは、また、こんなことも考えた。ぼくは本当にお母さんから生まれたのだろうか。それとも何かある進んだ技術で造られたのだろうか。ぼくにはお母さんもお父さんも初めから存在しなかったのではないだろうか。

そのように思ったピノッキオの心をウェイが察知したかどうかはわからない。ウェイはともかく黙っていた。

「きみ、どうしても米国へ行くの？」

「ええ、行くわ。」

ピノッキオはウェイの引き締まった顔をじっと見た。

「知らない土地だから不安があると思うけど、楽しむ気分で行くといいよ。」

「ありがとう。」

ウェイの頬《ほほ》にえくぼが浮かんだ。

「心配事があったら手紙を書いてね。すぐ返事を書くから。」

そう言ってピノッキオは手を差し出した。

「ありがとう。」

そう言ってウェイは手を強くにぎり返した。握り合った手と手の間にウェイの涙がぽたぽたと落ちた。

第18章　別れ

二人は四峰山《しほうざん》を下り姚江《ようこう》を渡り、寧波《ニンポー》の市街に入った。ここにある天一閣《ティエンイーグォ》は中国の古い書庫《ふみくら》でウェイはここに通ってよく本を読んだという。

埠頭《ふとう》から舟に乗って甬江《ようこう》を下り、まず鎮海《ちんかい》に出る。ここではじめて東シナ海に出るのだ。眼前に舟山《しゅうざん》列島の島々が見える。中国では港といってもこの寧波のように、海から川をさかのぼった、ちょっと奥まったところにあるのだ。ピノッキオにはそれがふしぎだった。イタリアではヴェネツィアにしてもジェノヴァにしても港といえばもうすぐそこに海が見えるのに、中国ではなかなか海が見えないのでもどかしくなる。

「どうして中国は海の近くに港がないんだろう?」

甬江を下る船の中でピノッキオがつぶやいた。

「物を運ぶ場合いくらかでも船を奥へ入らせたほうが運送料が安くなるからじゃないかしら。それともう一つは海賊に襲《おそ》われないためよ。」

ウェイが答えた。

「海賊って今も出るの？」

「今はほとんど出ないわ。」

「そうだろうなあ。」

そう言ってピノッキオが川を見ると、昔ながらの帆船が破れた帆のまま、ゆっくりと走っていく。夫婦で櫓《ろ》を操《あやつ》っている手漕《てこ》ぎの船もある。

「きみが呉淞《ウースン》（＊上海《シャンハイ》にあった港）から乗る船はどんなのだろう？」

「想像してみて！」

「まさか今乗っている船のようじゃないよね。」

「そりゃそうよ。」

「ちっぽけな船じゃ、絶対に行かせないから。」

「ありがとう！　その気持ちはうれしいわ。」

ピノッキオはウェイの乗る船をいろいろと想像した。自分が中国に来たときの帆船は確か、総重量四千トンで三本マストだった。インド洋のつむじ風や南シナ海の台風にびくともしなかった。ウェイの乗る船もきっとそんな船だろう。

鎮海《ちんかい》で二人は小型船を降りて大きめの旅客船に乗り換えた。汽笛が鳴った。甲板は大勢の乗客であふれかえっている。これで東シナ海に出て、それから上海に向かうのだ。ピノッキオは浮かぬ顔をしてあちこちを見回している。ウェイが声をかけた。

「いったい、どうしたの？」

「この船、帆がない。どうして動くの？」

「知らなかったの？　この船は汽船といって蒸気で動くのよ。（＊この時代、ディーゼル機関はまだ発明されていなかった。）」

「風の力じゃないの？」

「まず石炭か重油を燃やして水を蒸気にするの。それから、水蒸気を噴き出したり膨張させたりして羽根車を回転し動力を発生させるの。そして、発生した動力を、また別の機械でいろんなところへ伝える。そうやって船が動くの。」

「ふうーん。でも、そんなに水を使うんじゃ船が重くならないかな？　水蒸気を作るのに用いる水は真水でしょ？　海の塩水を使うなんてこともするの？」

「いや、それはできないわ。真水を使うの。」

「だったら、大変だね。遠距離航海はできないね。」

「船は時々刻々に貴重な真水を失っていくわ。だから、長い航海はできない。でもね、近年、復水器というものが発明されたの。」

「何！　復水器ってのは？」

「一度、動力として使った水蒸気を冷却して再び水にもどす器械よ。また、この器械は原動機（エンジン）内の排気圧力を大気圧（つまり、一気圧）以下に保つ働きをするの。」

「どうして原動機内の圧力を大気圧以下に保つ必要があるの?」

「原動機内の排気圧力が高いと熱効率が下がるの。復水器は原動機内の排気(不用の蒸気)を真空中にはき出すの。それで排気圧力は一気圧以下に下がり熱効率を上げることができるわ。また、復水器は水蒸気を冷却して水にもどすの。これによって再び動力としての真水を供給することができるわ。つまり、新たに真水を用意しなくても次々に循環させて真水を使うことができるわけ。」

「なるほど! 復水器ってのはたいしたもんだ!」ピノッキオは復水器をはじめとして船舶機器の進歩に驚いた。

「きみが上海《シャンハイ》から乗る船はこれと同じくらいなの?」

「これよりずっと大きいわ。この船は排水量二千トン。私が乗るのは七千トン。」

「ちょっと待って! 排水量って何?」

「水の上に浮かぶ船が排除した水の総重量ということ。つまり、その船の重量ってことよ。」

「なあんだ! 重量と同じことか!」

ピノッキオはまた、少し驚いた。船を水に浮かべてその船が排除した水の量をはかって船の重さを判断するなんて、昔、どこかの国の賢い学者が象の目方を量るのに象を大きな水槽に入れて水槽からあふれ出した水をはかって象の目方を判断したのとそっくりだ。ピノッキオはそんなことを思い出して愉快な気分になった。

「きみの乗る船はどのくらいの長さなの？」

「百メートル以上あるわ。」

「そんなに長くて大きいんだ！」

「安心した？」

「ああ、安心した。それくらい大きくないと太平洋の荒波を越えていけないだろうなあ。ところで、汽船はどれくらい速いの？」

「帆船よりずっと速い。鎮海《ちんかい》から上海まで帆船だと一日以上かかるけれどこの汽船だと十時間足らずよ。」

「上海《シャンハイ》から米国は？」

「四十日ほど。」

「そんなにはやく着くの！」

ピノッキオは驚いて目を丸くした。自分の知らない間に技術や機械はどんどん進歩しているのだった。

鎮海から東シナ海に出ると眼前に青々とした海原が広がった。それはトルコ石の紺青（コバルトブルー）、つまり緑色を帯びた青色であった。この海の色を眺めてピノッキオは仙女様《せんにょ》を思い出した。仙女様の髪の色もこのような色だった。

悪者の追いはぎたちに追いかけられ、ぼくは森を突っ切って駆け出した。息つくひまもなく、もう無我夢中だった。その時ふと、小さな家が目に入った。ああ、救いの家だと思って、どんどんと戸をたたいた。何の返事もなかった。追いはぎたちはぐんぐん近づいてくる。もう一度戸をたたく、前よりも強く。でも何の返事もなかった。それでやけになって、戸をがんがん蹴飛ばしたり、戸に頭をばんばんぶつけたりした。すると、あのおかたが窓のところに出ていらっしゃった。今の海の色と同じ髪の色だった。でも仙女様のお顔の色は蠟人《ろうにん》形《ぎょう》のように白かった。仙女様は「私の入る棺《ひつぎ》を待っているの」とおっしゃった。

ここまで思い出してピノッキオはぶるぶると身震いした。棺《ひつぎ》だなんて縁起でもないや、これからウェイの旅立ちだというのに。ピノッキオは海の色から思い浮かべた仙女様のことをすぐに封印した。

眼前には泥水を掻《か》き回したような濁流があった。

「いったい、どうしたんだろう?」

ピノッキオがふしぎそうにしていると、黒い帽子をかぶった背の高い紳士が近づいてきて、こう言った。

「ああ、これはね、長江《チャンチアン》（＊揚子江のこと）の上流で黄砂が風に吹き上げられて川に落ちたんです。心配するには及びません。よくあることです。」

「ありがとうございます。」

「なんの、なんの、これくらい……。」

紳士はそれだけ言うと、すたすたと船尾のほうへ歩いて行った。ちらっとウェイの方を見たような気がしたのはピノッキオの思い過ごしかもしれない。

ウェイの乗る船を間近に見てピノッキオはびっくりした。船首から船尾まで百メートル以上ある。船首にはユニオンジャックを掲げているからイギリスの船だ。アメリカを経由してイギリスまで行くのだろうか？　中国の港でスターズ・アンド・ストライプス（＊星条旗）を掲げている船は少ない。アメリカは中国ではまだよく知られていないのだ。しかし、ウェイの話によればアメリカはこれからどんどん前へ出てくる国だという。

「アメリカのどこがよいの？」

ピノッキオはぶっきらぼうに聞いた。

「未知数の魅力《みりょく》ってところかな。」

「未知数か！　長い歴史を持たない国ってのは文化の底が浅いんじゃないの？」

「そうかもしれない。でも、何もかもこれから新しく作るっていうのは好ましい雰囲気じゃないかな。」

「お金儲《かねもう》けもずいぶんできるんじゃないの？」

言おうか言うまいか、ためらっていたことをピノッキオはついに口にした。

ウェイは一瞬《いっしゅん》、きっとした表情をした。

「悪いこと、言ったかな？」

「悪かないわよ。お金儲けもしたいわ。でもそれは二の次。」

「じゃ一番は？」

「もちろん、勉強よ。」

「きみの勉強は中国ではできないの？」

「できないわ。洋書が少ないのよ。」

「上海《シャンハイ》なら相当あるんじゃない？」

「数が少ないわ。それに新しい先生について新しい環境で勉強したい。」

「洋書をたくさん読みたいのならアメリカじゃなくてヨーロッパでもいいんじゃない？　イギリスとかフランスとかドイツとか……。」

「古い国より新しい国のほうがいいの。」

「やっぱり、未知数の魅力《みりょく》？」

「そうね。自分の可能性を存分にためせる気がするの。」

「中国もこれからどんどん変わるよ。何も遠いアメリカまで行かなくてもここで好きなことをやればいいじゃないか。」

「駄目《だめ》よ。一度この国を離れないと自分を見つめられないし、新しい発想をつかむには新しい経験が必要なの。」

「新しい経験？」

「そうよ、新しい経験！　あなたも新しい経験を求めてこの国へやってきたんでしょう？」

ぼくが中国へやってきたのは新しい経験を求めてではない、仙女《せんにょ》様のお母さんとぼくのお母さんを探すためだ。しかし、今から振り返って考えると、結果的には中国で新しいいろんな経験をしたから、新しい経験のために来たと言えるかもしれない。いい小説を書くにはいい経験が必要なんだろう、そう思ってピノッキオは納得した。

「ところで、きみの乗る船、女性はきみ一人ってこと、ないよね？」

「何言ってるの！　そんなこと、あるはずないでしょ！」

「ぼくが中国へ来たときの船には女の人は乗っていなかった。」

「そうだったの？　なぜ？」

「女の人を船に乗せると海神のたたりで船が沈むんだって、船長がそう言っていた。」

「変なの。迷信ね。今はそんなこと誰も信じないわ。心配だったらここに立っ

ていて乗船する人をずっと見ていたら？」

「アハハハ……。そこまでしないよ。」

やがて乗船の合図があり客が船に乗り始めた。ピノッキオはウェイの荷物を持って船室まで行った。銅鑼《どら》が鳴る。「お見送りの方は降りてください」と乗務員が呼び回る。いよいよ別れるというとき、ウェイは一枚の紙切れをそっと差し出した。

「これを朱先生に渡してね。元気で！　再会《ツァイチェン》！」

「元気で！　再会！」

ピノッキオは船から降りて岸壁に立ち、甲板を見た。ウェイは甲板から手を振っている。二人の視線がぴたりと合った。ウェイが「ありがとう。元気で！　再会！」と言っているように見えるが、その声は周囲のざわめきにかき消されてピノッキオには聞こえなかった。だがピノッキオは「元気で！　再会！」を言い続けた。

夫を見送る奥さんと子ども、また、奥さんと子どもを見送る夫もいた。身なりの立派な人、中くらいの人などいろんな人がいたが、みんな一張羅《いっちょうら》を着ているようだった。

出発の時刻が近づくと、岸壁から赤、青、黄、緑など色とりどりのテープが投げられた。船でそれを受け取る者がいる。また、船から投げて岸で受け取る者がいる。お互いにテープの端と端とを握りしめ、千切れないようにと祈っている。若い女性が四、五人きゃっきゃっと騒ぎながら引っ張り合っている。テープはあれよあれよと思う間に十筋、五十筋、百筋となり、五色や七色の美しい橋となる。それは確かに美しいが、はかない紙の橋。時々吹く風にあおられて千切れそうになる。

やがて船は静かに岸を離れる。初めは気づかないほど静かに離れる。七色のテープがいっそう膨《ふく》らんで大きくなる。すると、ぷつりと一筋切れ、また一筋切れ、切れた両端が空に高く上っていく。まるで龍《りゅう》が昇天するようだ。

甲板の人々がハンカチを出してしきりに振っている。ウェイも振っている。ピノッキオも振った。しだいに甲板の人の顔が判らなくなる。すると見送りの人の群れも崩れて数が減っていく。甲板の人もそれぞれ納まるところへ納まって数が減っていく。

船の姿が小さくなり、向きも変わった。それから船はどんどん速くなり、見る見るうちに芥子粒《けしつぶ》ほどになった。ああ、行ってしまった！

あっけない別れであった。ところで、朱先生への伝言を託されたピノッキオはどうしていいのかわからなかった。朱先生についてはウェイからそれとなく聞かされていたが、会ったこともないし住所も知らなかった。ルアン・ミンを探したようにまた、朱友石を探して歩かねばならない。降って湧いた難題だ。今でもウェイを追いかけてこんな難題ぼくにはできないと断りたい、そう思った。うかうかと別れの気分に浸っていてとんだことになったと後悔した。しかし、すべては後の祭りだった。

ウェイを乗せた船は、見る見るうちに小さくなり、やがて海の彼方《かなた》に消えて行った。

紙切れを見るともなく開いた。そこには次のような詩が書かれていた。

燭台素光照脚下（燭台《しょくだい》の素光、脚下を照らす）
老師案弟子酔渉（老師は案ず、弟子の酔渉を）
師負弟渡了橋廊（師、弟を負ひて橋廊を渡了す）
月下吟詩帰房舎（月下、詩を吟じて房舎に帰る）

＊大意は次の通り。
燭台《しょくだい》のわずかな光が私の足元を照らしてくれています。

先生！　あなたはいつぞや、酒に酔った弟子の身を心配なされ、弟子を背負われて橋をお渡りになられました。

それから、月光の下、詩を吟じつつお家に帰られました。


何だ、これは？　この詩にどのような意味があるのかピノッキオにはよくわからなかった。ウェイはこの詩をなぜ朱先生に渡してくれと言ったのだろうか？　また、朱先生に直接届けずになぜぼくに渡したのだろう？

それにしてもこの詩は「老師」を朱先生、「弟子」をウェイとして読むと、何だかいやな気持ちになる。ピノッキオは悔しい気持ちでいっぱいになった。ウェイはぼくのことをどう思っているのだろう？　ぼくがウェイのことを思っているほど彼女はぼくのことを思っていないのかもしれない。彼は怒りがこみあげてくるのを抑えることができなかった。

ピノッキオはこれまでにない憤怒《ふんぬ》の形相《ぎょうそう》で紙片をばりばりと破り裂いた。紙は花びらのように空中に舞い、やがて海に落ちた。眼から次々と涙があふれ出た。

完

解説　『中国のピノッキオ』に寄せて

前之園　幸一郎

このたび『それからのピノッキオ』の続編として、同じ著者によって『中国のピノッキオ』が出版される。

その作品の書き出しは、仙女様の母親が葬られている墓所と自分自身のルーツを探すために、ピノッキオがリスボンの港から中国の杭州《ハンジョウ》（キンサイともいう）に向けて出発するところから始まる。前著によれば、ピノッキオの母親は仙女様の母親と同様に中国人であり、彼は自分の母親の生まれ故郷中国に対する強い憧れと深い親近感を抱いていた。この荒唐無稽とも思われる前作の約束事から、今回のピノッキオの冒険物語は展開される。

しかし、この作品全体を貫く基本テーマは中国文化の歴史であり地誌であって、けっして原作『ピノッキオ』のテーマではない。ピノッキオはせいぜい物語の展開のためのガイド役として顔を出すに過ぎない。

著者は、中国各地の由緒ある場所に読者を案内する。そして例えば中国陶磁器に対する説明に見られるように、その深い学識と尋常でない中国文化への傾倒ぶりを行間に滲ませている。

物語は、寧波《ニンボー》の町でピノッキオが最初に知り合いになった居酒屋に勤めるルアン・ミン（敏）とヤン・ウェイ（蔚）の二人の女性の人間関係のネットワークを通じて展開されている。行方のわからなくなった友人ルアン・ミンの近況を知るためにピノッキオは彼女の妹の澄華《チャンファ》を探し当てる。澄華は道教を修行して道士となった人物である。彼女は、不老・不死の仙薬を開発する仕事を与えられ、努力の結果、ついに道士の域にまで達した経緯をピノッキオに物語る。

ピノッキオは、仙女様の母親の出身地だとされている杭州近くの湖のほとりにある宜興《ぎこう》村を訪れる。ここで中国陶磁器を見学することになり、案内人の葉麗《イエリー》から懇切な説明を受ける。磁器には青磁と白磁があり、青磁には純正の青色の越州窯《えっしゅうよう》のものと、白を基調にした青色の景徳鎮の窯によるものがあることなどを学び、ピノッキオは焼き物が陶工と絵付師の共同作業によるデリケートな創作品であることを理解する。

ピノッキオは、離れ離れになってしまっていた友人ルアン・ミンとヤン・ウェイの二人をついに再会させる、その役目を果たす。向学心から勉強への強い意思を持ち続けていたウェイは、彼女の学費を援助する人物が現れ、米国留学のために上海から旅立つこととなる。出航する汽船を見送りながら、ピノッキオは緑色を帯びた青色の海の色に仙女様の髪の色を思い出す。

ところで、ピノッキオがリスボンの港を出たとき、彼の乗っていたのは帆船だった。ウェイは汽船による渡米である。現代であれば、ほとんど飛行機による渡米である。作品では少しずつ時代が動いて現代に近づいているが、まだまだ遠い昔の時代に時間軸を設定している。また、場所の設定や、場面の展開も融通無碍になされている。

読者の一人である私などは、冒険によるピノッキオの人間的成長の様子を期待したいところだが、それについては本作品ではほとんど触れられていない。

しかし、文化大革命に至る中国史を素材とする奇想天外な世界と物語が、自在な著者の空想の翼によって次々に繰り広げられ、全編を通じて興味津々の、興趣尽きない作品となっている。

（筆者＝青山学院女子短期大学学長）

参考文献

A　図録・写真集

1　徐占博・刘辉編『中国名画欣賞・第二輯　徐悲鴻』（石家庄：河北教育出版社　二〇〇二年五月）
2　劉建超・張温純ほか編『中国近現代名家精品叢書　徐悲鴻作品精選』（天津：天津楊柳青画社　二〇〇二年七月）
3　主婦の友社編『エクラン　世界の美術第一巻＝中国』（主婦の友社　一九八二年三月）
4　東京ルネッサンス推進委員会編『図録　紫禁城の至宝　北京故宮博物院展』（同前委員会発行　一九九二年八月）
5　清永安雄『古鎮残照』（産業編集センター　二〇〇七年二月）

B　執筆上の参考図書

1　山口修・鈴木啓造ほか編『中国の歴史散歩　2＝中国中部』（山川出版社　一九九五年十一月）同『中国の歴史散歩　3＝中国東部』（一九九六年七月）
2　寺田隆信『物語　中国の歴史』（中央公論社＊中公新書　一九九七年四月）
3　後藤基巳・駒田信二・常石茂編『中国故事物語』（河出書房新社　一九七二年九月）
4　緒形暢夫『故事成語・諸子要解』（有精堂　一九九二年三月＊第二九版）
5　金谷治訳注『論語』（岩波書店＊文庫　一九九九年十一月）

6　竹内弘行『鑑賞　中国の古典第八巻　十八史略』（角川書店　一九八九年四月）
7　網祐次『中国童話』（広島図書＊銀の鈴文庫　一九四九年四月）
8　呉承恩・作、伊藤貴麿・編訳『西遊記　上』（岩波書店＊少年文庫　一九五五年二月）同『西遊記　中』（一九五五年四月）同『西遊記　下』（一九五五年六月）
9　小宮義孝『城壁』（岩波書店＊新書　一九四九年八月）
10　鄭振鐸著、安藤彦太郎・斉藤秋男訳『書物を焼くの記』（岩波書店＊新書　一九五四年七月）
11　朝永研一郎『舶用機関の特質とその趨勢』（山海堂＊理工学論叢No.12　一九四三年四月）
12　竹島卓一『中国の建築』（中央公論美術出版＊芸術選書　一九七〇年四月）

〔補記〕挿入の詩篇に関して
・文中及び参考文献に出典を示していますが、示していないものは作者による創作です。

収録図版
口絵1　徐悲鴻「村歌」　Aの1より
口絵2　徐悲鴻「群奔」　Aの2より
表4　作者不詳「豆彩葡萄文盃」　Aの4より

中国のピノッキオ

発行日　二〇〇八年三月十五日　初版第一刷発行

著　者　吉志海生
装挿画　サカイ・ノビー
発行者　佐相美佐枝
発行所　株式会社てらいんく
〒二一五-〇〇〇七　川崎市麻生区向原三-一四-七
TEL　〇四四-九五三-一八二八
FAX　〇四四-九五九-一八〇三
振替　〇〇二五〇-〇-八五四七二
印刷所　ダイトー

 ISBN978-4-86261-016-4 C0093